夜に溶けたいと願う君へ

音はつき

STARTS
スターツ出版株式会社

どこにも居場所なんかない。
わたしがいなくてもきっと誰も気付かない。
いっそのこと、夜に溶けてしまえればいいのに。

#家出少女

目次

夜に溶けたいと願う君へ

夜に彷徨う

チカチカと、繁華街のライトが揺れる。

ゲームセンターやパチンコ屋の雑多な音が、夜の街を埋め尽くす。

いろいろな欲望や絶望が渦巻く夜の街をすり抜けて、冬の風がわたしの耳をちぎり取るように吹き付けた。

「さむ……」

指先にふうっと息を吹きかけながら、トートバッグの中身を確認して後悔した。

「手袋、持ってくればよかった」

スマホのメモ帳の〝家出リスト〟を開いて、手袋・マフラー・ホッカイロを追加する。

これはもともと、SNSで公開されていたリストを自分なりにアレンジしたものだ。

夏にはハンディファン、ひんやりタオルなどを持ち物に入れていたけれど、季節と共に必要なものは変わってくる。

そんな当たり前のことを、わたしは今さらながらに感じていた。

「ねえねえきみ、家出少女？」

午後九時三十分の繁華街は、行き場を求める若者やお酒で楽しい時間を過ごしてきたひとたちでごった返している。

顔を真っ赤に染めたおじさんに声をかけられたわたしは、それを無視して足早にそこを通り過ぎた。

「行くとこないならいつでもおいでぇ〜」

なおも続くおじさんの声を背に、急いでゲームセンターのドアを抜ける。

「……はぁ、はぁ」

ぴゅーんぴゅーんという忙しない電子音の中で、そっと呼吸を整える。

距離にしたら大したものではない。決して全速力で走ってきたわけでもない。

それでも心臓は、ばくばくと大きく脈打っていた。

「そろそろ慣れたっていいのに……」

こんなの馬鹿げているとわかってる。

こんな時間にこんな場所へ自分から来ているくせに、知らないひとから声をかけられると恐怖で心臓がビリビリと震えてしまう。

そんなリスクがあるとわかっていても、夜の街へと繰り出してしまう。

壁にかけられた大きな鏡には、自分の姿が映っていた。

黒いタイツにショートパンツ。白いニットに黒のダウンコート。真っ赤な口紅を引いて背伸びをしてみたって、やっぱりわたしは〝少女〟に見えてしまうのだろう。

先ほど呼ばれた〝家出少女〟という言葉が、煙のように顔の周りに纏わりついて離れない。

「忘れよ……」

頭を二度ほど左右に振って、ゲームセンターの奥に進む。

いつもやるのはUFOキャッチャー。

人気キャラクターのぬいぐるみがぎゅうぎゅうに詰められている台を見つけたわたしは、そこにコインを滑り込ませた。

取れても取れなくても、どちらでもよかった。別に、趣味というわけじゃない。楽しいからやっているわけでもないし、ぬいぐるみが欲しいわけでもない。

ここで三十分ほど時間を潰したら、近くのファストフード店でひとつ百円のチョコシェイクを飲む。そのあとは駅のコンコースでストリートミュージシャンが演奏しているのをぼんやりと眺め、終電で家に帰る——というのがわたしの夜の街でのルーティンだった。

「家出……とも言えないのかもしれないけどね」

自嘲気味に呟いたのと同時に、ぬいぐるみがガコンと取り出し口へと落ちる。

そばにいたカップルの彼女の方が「あの子すごぉい」と手を叩く。

「いりますか？」

「……え？」

「あげます。わたし、いらないので」

「え、えっ⁉」

慌てるカップルをその場に残し、出口へと向かう。

後ろで彼らが「あの子、家出少女かな？」と言うのが聞こえた。

厳密に言えば、わたしがしているのは家出などという大それたものではないのだと思う。大きな決意をもって家を出ているわけではないし、もう二度と帰らない覚悟だというわけでもない。ただ家族に内緒で、夜の繁華街へと繰り出すだけ。

親が目を覚ます朝には何事もなかったかのように朝食を作っているわたしは、多分本当の〝家出少女〟ではないのだろう。

わたしが家にいなくても、誰も気付いたりしない。

気にかけてほしいとか、なにかが変わるかもしれないと期待しているわけでもない。

それでも無性に、家を飛び出したくなる瞬間がある。

息苦しくてたまらなくなったとき。その衝動はわたしを強く突き動かす。

ちょっと大人びた服を身につけて、普段はしないメイクを施し、真っ赤なリップをきゅっと引く。

一晩過ごせるだけの荷物が入ったトートバッグを抱えてそっと玄関を抜け出すと、ふっと心が軽くなる。

水の中でもがいていたのが嘘みたいに、空気を胸いっぱいに吸うことができるのだ。

行く当てがあるわけでもないし、心が躍るわけでもない。会いたいひとがいるわけでもなければ、悪いことをしてみたいわけでもない。

――それなのに、やめられない。

行き交うひとびとを避けながら、手元のスマホでSNSを開く。これももう癖みたいなもので、親指が勝手に文字を打ち込んでいく。

〝#家出少女〟

この文字を検索欄に入力すれば、あっという間にたくさんの画像や動画が表示される。

夜の街を歩いている足元や、コンビニのホットスナックを食べている女の子、どっさりと荷物が入ったリュックなど。

『今夜、初めて家出してみます。自分で未来を切り開く。　#家出少女』

そんな投稿者のコメントに、たくさんの返信がついている。

『家出チャレンジ、頑張って』

『持っていった方がいいもののリスト、参考にしてみてね。気を付けて過ごして』

『わたしも今日するよ。一緒に頑張ろう』

家出というと、もっと深刻で暗いものだと思ってた。

だけどSNS上にあふれている家出は、これくらいの空気感のものも多い。それでみんなで知恵を出し合ってこの夜を乗り越えようという結託感があった。

最初はそのことに、ちょっとした驚きを覚えたものだ。それと同時に、ほっとしたのも事実だった。

みんな、衝動的に夜の街へと出てしまうことがあるんだ。

わたしだけじゃなかったんだ、って。

「寒くなってきたから手袋もリストに追加するといいかも、っと」

トタタと画面の文字をタップしていく。

どこの誰かもわからない。それでも自分と近い境遇にいるひとに気軽に言葉を送れるのが、SNSのいいところだ。

そのとき、前から来たスーツ姿の男性と正面から衝突した。

「いってぇな」

「すみません……！」

その拍子に、トートバッグが地面に落ちる。ばらばらっと中身が広がり、わたしは慌ててそれらに手を伸ばした。

その瞬間、バキッと鈍い音がする。

「ガキがこんな時間にうろついてんじゃねぇよ」

ぶつかった相手はこれ見よがしにわたしの手鏡を踏みつけてから蹴り飛ばすと、雑踏の中へと消えていった。

「あ……」

鏡の部分が割れてしまった、手のひらサイズのコンパクト。

一メートルほど先に転がったそれを見たわたしは、大きなため息を吐き出した。

「気に入ってたのに……」

仕方ない、とひとりごちて、散らばった荷物たちをトートバッグへと入れていく。音楽を聴くためのイヤホンに文庫本、スマホの充電器。着替えを入れた袋にメイクポーチ。どれもこれも、SNS上の家出少女たちが教えてくれた持ち物だ。

一晩をどこかで過ごすつもりはないけれど、〝もしかしたら〟という気持ちから着替えなどもトートバッグに入れている。わたしにとっては、お守り代わりみたいなものだ。

――あとは、歯ブラシがどこかにあるはず。

「松下(まつした)?」

ふと、地面に大きな影ができる。その影は、まっすぐにわたしの名前を呼んだ。

「か、瓦井くん……？」

　全身黒づくめの男の子が、わたしを見下ろすように立っていた。

　瓦井睦。同じ学校に通うクラスメイトだ。とはいっても、まともに会話をしたことはほとんどない。

「えっと……その……」

　学校でのわたしの立ち位置は、どちらかといえば優等生といったところだ。自分で言うのもなんだけど。

　クラスの中心というわけではないけれど、成績はそこそこ優秀。友達もいるし、先生からも信頼されている方だと思う。明るく元気で、いつも前向き。

　そんなわたしが家出をしているだなんて、イメージが違いすぎて誰も信じてはくれないだろう。

　そんな中、いつもとは違う恰好で、家出グッズにしか見えないものがどっさり入ったトートバッグを抱えているところをクラスメイトに見られてしまうなんて、想像もしていなかった。

「こ、これはえっとその、と、友達の家に泊まりに行くところで……」

「歯ブラシ」

　あたふたとするわたしの様子など気にしていない瓦井くんは、転がっていた歯ブラシセットを拾うとこちらへと差し出した。

「あ、ありがと……」

「一言、文句言ってやった方がいい」

「え……？」

「どう見ても、あいつわざと踏んでた」

どうやら一部始終を見られていたらしい。

瓦井くんは割れてしまったコンパクトを手にすると、サラリーマンが消えていった雑踏をじっと睨む。そんな彼をなだめるよう、わたしは笑顔を向けた。

「あのひとが悪いわけじゃないよ。わたしがぼーっとしてたのが悪いの」

薄茶色の髪の毛とすっきりした目元が印象的な彼は、その見た目から入学当初はたくさんのひとたちの視線を集めていた。

しかし入学から一年半ほどが経った今、彼は別の意味でみんなの好奇の的となっている。

それは――。

「偽善だな」

自分が思ったことをそのまま口にする、彼の物言いが原因だ。

瓦井くんはどんなときでも、どんな相手を前にしても、自分の意見や感情をそのままに表現するひとだ。

誤解を恐れず、嫌われることもいとわない彼は学校でもいつもひとり。それでもなお、自分の感情に嘘をついたりはしない。

散らばっていた荷物を拾い終えると、瓦井くんは無言のままわたしに背を向けた。

「あ、ありがとう！」

その背中にお礼を言うも、返事はもちろん、彼は振り向くこともない。

クラスで孤立している瓦井くん。

みんなから、敬遠されている瓦井くん。

怖いものなんてなにもない瓦井くん。

すべてにおいて、瓦井くんはわたしとは正反対。

だからわたしは、気になってしまうんだ。

――いや。正確に言えば、ひっそりと憧れを抱いているのだと思う。

彼の持つ、揺るぎない芯の強さに。

◇

「色葉のお弁当、今日も美味しそう。いつも自分で作っててすごいよね」

昼休み、友人のサナがわたしのお弁当を覗き込んだ。

「冷凍食品ばっかだけどね」

そんなわたしに、サナの隣に座る友奈が口を尖らせる。

「いいじゃん！　うちなんていつもピーマン入れてくるんだよ。最悪」

「うちは毎日同じおかず〜。飽きるっての」

そんなふたりのやりとりに「ピーマン苦いよねえ」と相槌を打つ。

家出をしてもしなくても、毎日朝はやってくるし、わたしはきちんと学校へ行く。

そしていつも通り、友達とこうしてわいわいと話したりもする。

同じおかずばかりでも、苦手な食材が入っていても、お母さんの手作りならいいじゃないか。なんて本音は、幼かった中学時代に置いてきた。

「あ、次って英語だっけ。宿題あったよね？」

「うわ、忘れてた〜。色葉やってきた？」

「うん、やってきてるよ」

「さっすが色葉！　持つべきは真面目な友達！」

「あはは、おだててもなにも出ないよー」

そう言いながら、リュックの中からノートを取り出す。

「助かるよ〜。早く食べてうつしちゃお」

わたしがやってきた宿題を、サナと友奈がうつす。それはもう、毎日の決まった流れといってもよかった。

「色葉は本当、いい子だよねぇ」

「なんでもいいよって言ってくれるし。いい友達を持ったわ、うちら」

手作りのおにぎりやおかずを食べながら、口々にそう言うふたり。普段はわたしの幼馴染である彩華と共に、高校二年になって初めて同じクラスになった。

彼女たちとは、四人で一緒に過ごしている。

そんな彩華はここ数日、風邪で休んでいて、今日の放課後に三人でお見舞いがてらプリントを渡しに行くことになっていた。

「そういえば、今日わたし掃除当番だったんだ。終わるまで待っててもらってもいい？」

別のクラスメイトに頼まれて、当番の日を交換したことをすっかり忘れていた。

そのことを伝えると、ふたりは顔を見合わせてから気まずそうに作り笑いを浮かべる。

「実はさっき、中学のときの男友達から連絡が来てね。二対二で遊ぶことになっちゃってさぁ」

「彩華も、幼馴染の色葉だけの方が気を遣わなくて済むだろうし」

――ああ、なるほど。

状況は、簡単に把握できる。空気を読むとか察するとか、そういうことには人一倍気が回る自信がある。

わたしと一緒に行く彩華のお見舞いと、男友達と遊ぶ時間。そのふたつを天秤にかけたら、後者の方が重要だったというだけのことだ。

「そっか。じゃあわたしが様子見てくるから、ふたりは楽しんできて」

にこっと笑ってそう言えば、サナと友奈は顔を見合わせ安心したような表情を見せる。

「色葉ならわかってくれると思ったんだよね」

「相手がしつこくってさぁ。彩華によろしく伝えといて」

ふたりとの約束は、こういった理由によって流れることが何度もあった。だから今日も、またかという感想しかない。

怒ったり、悲しんだり、なんだよと思ったり。そういうのって、すごくすごくエネルギーがいることだ。

そんなもんだろうなと思ってしまえば、気持ちはずっと楽になる。

だけど瓦井くんならば、こういう些細なことにも『筋が通っていない』と物申すのかもしれない。

ちらりと教室の隅を見れば、窓際の彼はひとりでパンをかじっていた。

「なに、瓦井くん見てるの?」

「あー。顔だけはいいもんね。顔だけは。観賞用には最適」

クスクスと笑うふたりの言葉は、聞こえないふりをしてやり過ごす。

一年生の頃、容姿を褒められた瓦井くんが『外見でひとを判断するな』と冷たく言い放ったというのを聞いたことがある。違うクラスだったけれど、それは噂話となって学校中を駆け巡ったものだ。

昨夜、家出中のところを瓦井くんと遭遇してしまったわたし。しかし、今朝教室で顔を合わせても、彼はなにも言ってきたりはしなかった。

なぜあんな時間に繁華街にいたのかとか、どうしてあんな恰好であんな荷物を持っていたのかとか、そういうことを追及してくることもなかった。

多分、友達の家に泊まると言ったことを信じてくれたのだろう。

「嘘ついちゃって、申し訳なかったな……」

そんなわたしのひとりごとは、サナたちには聞こえていなかったみたいだ。

「瓦井くんも色葉のことを少しは見習えばいいのに。心を広く持て、ってね」

「色葉はすごいよ。頭もいいし、でもそれをひけらかしたりしないし、明るくって頼りがいもあるし」

「そうそう。優しさの塊だし、ノリがいいところも最高！」

お願いごとをしてきたあとや、約束をキャンセルしたあと、ふたりは必ずわたしをおだてる。必要以上に、『よいしょ』って言葉が聞こえてきそうなくらい大袈裟に。

そんなことをしなくたって、大丈夫なのに。

「ふたりとも大袈裟だなぁ」

へらりと笑うと、「謙虚なところも色葉のいいところだよねぇ」とふたりが合いの手を入れる。

こんなのは、傍から見ればきっと喜劇だ。

いろいろなことをわかっていて、だけどわからないふりをして、道化師みたいに舞台の上で演じている。

だけどこれでいい。これがいい。

平和に穏やかに、毎日を過ごせればいい。

感情の起伏に振り回されたりせず、楽しく過ごせることが一番で。

ふと視線を上げると、瓦井くんと目が合った。

彼はまっすぐに、わたしのことを見つめている。

その表情には〝そんなんでいいわけ？〟という文字が書かれているような気がした。

◇

放課後の職員室の空気が、わたしはちょっと好きだったりする。授業が終わると、先生たちも少し気が緩むのだろうか。普段よりも気軽に、いろいろなことを話せる空気が全体に広がるように感じられるから。

「じゃあこれ、彩華さんに渡しておいてね」

担任の矢坂先生が、眼鏡の奥の優しそうな瞳を向ける。

「はい。もう熱は下がったと連絡も来ていたので、直接会えると思います」

松下彩華と、松下色葉。同じ苗字のわたしたちを、小学校の頃から、みんなは下の名前で呼び分ける。

「ところで、来月の三者面談のことだけど」

彩華のノートを受け取ったところで、矢坂先生が窺うような声を出す。

内心、またかと小さなため息をつく。そのことならば今朝、欠席に丸をつけた用紙を提出したばかりだ。

「前回も欠席だったでしょう。今回は進路に関することだから、できる限り来ていただきたいの」

「ちょうどコンクールでフランスにいるときなので、難しいと思います」

「日程を改めるから、どうにかお願いできないかしら？　わたしから直接電話で伝えてもいいし」

「進路については、わたしと両親の間できちんと話はできているので大丈夫です」

高校に入ってから今日まで、三者面談や懇談会を含め、両親が学校を訪れたことは一度もない。中学の卒業式と高校の入学式は、地方に住むおばあちゃんが来てくれた。

「妹さんがすごいのはわかるけど……」

音大付属高校に通うひとつ下の繭は、幼い頃からピアノの神童と呼ばれてきた。数々の国際コンクールで受賞するほどの腕前で、海外にも頻繁に行っている。

母はそんな妹と常に行動を共にし、父はイギリスに単身赴任中。繭が海外へ行くとき、必然的にわたしは家にひとりになる。

「あなたのご両親でもあるわけだから」

「先生、本当に大丈夫です。わたしだって、きちんと愛情受けて育てられてるんだから」

冗談めかして首をすくめれば、矢坂先生ははっとした表情を一瞬浮かべてから「そうよね」と眉を下げて愛想笑いをした。

来年には十八になるんだし、生活に困らないお金もちゃんともらっているし、なにも問題なんてない。繭がどれだけ特別な才能を持っているかだって、ちゃんと理解している。

「だからなあ、瓦井」

「納得できません」

そんなときだった。職員室の奥から、うんざりしたような先生の声と、妥協を許さない瓦井くんの声が聞こえたのは。

窺うように首を伸ばすと、ジャージ姿の瓦井くんが立っているのが見える。その向かいには、赤いジャージの体育教師。

「大会に出るメンバーを選んだのには、それなりの理由があるんだって説明してるだろ」

体育教師は名簿のようなものをめくりながら、瓦井くんの言葉をかわしている。

「陸上部、大変そうねぇ」

わたしと同じ方向に首を伸ばした矢坂先生が、同情するように呟くのが聞こえた。

瓦井くんは陸上部所属だ。朝礼で表彰されているのを、何度か見たこともある。

どうやら彼は、大会メンバーについて顧問に詰め寄っているらしい。

「市川(いちかわ)はこれまで努力して、今回あれだけのタイムを出したんです。それなのにどうして、初心者の一年生が選ばれるんですか？　保護者が市議会議員だからですか？」

わたしが思わず息を呑(の)むと、矢坂先生はため息をつきながら首を振った。これ以上は聞かない方がいいわよ、とでも言いたげに。

「いいか、瓦井。世の中は、正義だけ振りかざしてたって通用しないんだ」

「納得できません」

わたしの足はその場にぴたりと張り付いてしまっていた。

あの先生を怒らせると大変なことになる。うちの学校の生徒なら、みんなが知っていることだ。

そんな体育教師を相手に、一瞬もひるまない瓦井くん。まっすぐに立ったまま、先生を見つめている。

「必死にやれ。努力は裏切らない。まっすぐに生きろ。俺たちにそう言っておきながら、市川の努力はなかったことにするんですか？」

瓦井くんは、いつだって恐れない。

理不尽に怒鳴られることも、誤解されることも、他人の視線も。

そんな彼から、わたしは今日も目が離せない。

「おかしいことはおかしいって、そう言うことが間違いですか？」

瓦井くんの言葉に、先生のこめかみに青筋が浮かぶのがわかった
「それならお前が降りろ!!　それで市川を入れてやればいいだろうが!!」

ひゅうっと喉の奥が細くなる。自分に対して向けられたものではなくても、怒鳴り

声というのはひとを萎縮させる力を持っている。

「嫌です」

それでもやっぱり、瓦井くんはひるまなかった。冷静さを欠いているのは体育教師の方で、瓦井くんは顔色ひとつ変えていない。

「俺、何度でも言います。おかしいことはおかしい、って」

失礼します、と毅然とした態度で言った瓦井くんは、そのまま職員室をあとにする。

「えっと……、失礼します！」

呆れたような表情の矢坂先生に一礼したわたしは、慌てて彼を追ったのだった。


「瓦井くん」

「…………」

「瓦井くん！」

「…………」

「瓦井くんっ！」

「……なに？」

彼が足を止めてくれるまでに、一体何メートル歩いただろうか。不機嫌そうに振り向いた彼は、わたしのことをじろりと一瞥する。

用があったというわけではない。それでも追いかけてしまったのは、無条件反射みたいなものだ。

「あの、えーと……」

「だ、大丈夫？」

「なにが」

「陸上部の顧問、怖いからなって……」

どうにか会話を成立させなければと思ったわたし。だけど瓦井くんにとっては、そんなのは愚問にほかならない。

彼は冷ややかな視線でわたしを見たあと、はあとため息をついた。

「そっちこそ、大丈夫なわけ？」

「え、なにが？」

今度はわたしが聞き返す番だ。

「優等生が家出なんかして」

皮肉交じりの彼の言葉に、わたしは「ああ……」と苦笑いを返す。

「なんだ、やっぱりバレちゃってたんだ」

昨日とっさについた、友達の家に行くという嘘。瓦井くんはそれを、簡単に見破っていたみたいだ。

嘘をついたことに罪悪感があったわたしは、どこかでほっとしていた。

しかしそんなわたしの反応に、瓦井くんは眉を寄せる。

「ありがとう、瓦井くん。誰にも言わずにいてくれて」

成績はそこそこで、先生たちからも頼まれごとをされるくらいには一応信頼もされている。仲のいい友達もいるし、楽しく高校生活を過ごしている。

大きなマンションに住んでいて、父親はヨーロッパに海外赴任中。そして妹は将来有望なピアニスト。

サナたちはわたしに『悩みなんてひとつもなくて羨ましい』といつも言う。『生まれ変わったら色葉になりたい』とも。

そんなわたしが家出をしているだなんて、学校のみんなにとっては格好のネタだ。なにが原因なのかとか、どうして家出をしたりするのかとか、好奇心で根掘り葉掘り聞かれることも目に見えている。

だけど瓦井くんは今日一日、そのことを誰にも話さずにいてくれたのだ。

「松下って変わってる」

瓦井くんはくしゃりと前髪を一度だけ握ると、そう言って視線を逸らす。

「俺、松下に偽善って言ったのに。そんな相手に礼を言うとか」

たしかに昨夜、彼はわたしにそう言っていた。だけどそれに対して、腹を立てたなどということはない。むしろ、その通りだなと思ったのだ。

「あんなこと言われたら、普通は怒る」

「そうかなぁ。怒るほどのことでもないと思うけど」

そこで初めて、瓦井くんが不思議そうな表情でわたしを見た。

濁りのない、茶色と深緑が混ざったようなまっすぐな瞳。それはいつだって迷うことを知らなくて、凛とした強さを持っている。

家でも学校でもいい子をしていて、勉強も真面目にやって、友達とは適度に肩の力を抜いた接し方をしながらうまくやって。

サナたちはわたしを優しさの塊だなんて持て囃すけれど、嫌だなと思うことや、ちょっと引っかかってしまうことだって日常にはあふれている。だけどそれが怒りに変わる前に、まあいいかと気にならなくなってしまうだけ。

本当に優しいわけじゃない。それは瓦井くんの言う通り、偽善なのだと思う。

「瓦井くんみたいに強くなりたいんだ。わたし」

そう言ってもう一度笑うと、彼は狐につままれたような表情を浮かべた。

その一瞬、彼が纏う張り詰めた空気がふっと緩んだ気がした。

――もちろん、それはほんの一瞬のことで。

「松下の言ってること、理解できない」

そう言った彼はわたしに背を向けると、今度こそ歩き去ってしまったのだった。

◇

ピンポーンとチャイムを鳴らすと、数秒経たずにドアが開けられた。

「色ちゃん！　わざわざごめんね！」

彩華とわたしは、同じマンションに住んでいる。

抱きついてきそうになった彩華は病み上がりであることを思い出したのか、直前で思いとどまったみたいだ。

薄いピンクのもこもこルームウェア姿。小柄で華奢、黒目がちな瞳をした彩華は、クラスの妹的存在で誰からもかわいいと親しまれている。

「明日は学校来れそう？」

「うん、もう元気いっぱいだよ！」

顔の前で拳をふたつ作った彩華は、ふんふんっと鼻息を吐き出してみせた。

小中高と一緒のわたしたち。クラスもほとんど同じで、かわいらしい彩華としっかり者として認識されていたわたしは、今でも〝松下ペア〟などと呼ばれている。

「繭ちゃんたち、もう帰ってきたの？」

　小さい頃から一緒の彩華は、うちの事情もよく知っている。

「うん。一昨日帰ってきたよ」

「じゃあ、お母さんも今おうちにいるんだね！」

「そうそう。だから早く帰らなきゃ。また明日ね」

　もう体調はすっかりよくなったみたいだ。ほっとしたわたしは、ニコニコしている彩華に手を振って、階段を上ったのだった。


「ただいま」

　玄関を開けても、部屋の中からはなにも返ってはこない。電気はついているから、繭もお母さんも家の中にはいるのだろう。

「練習中か……」

　ここに引っ越してきたのは、わたしが小学四年生の頃。防音完備の部屋があるということで、それまで住んでいた近所のマンションから越してきたのだ。

　当時から繭は、ピアノの才能があると言われていた。

「ただいまー……」

　声のトーンを落としながら、そっとその部屋の扉を押し開ける。小さな隙間から流れ込むのは、繊細で細やかな音符たち。我が妹ながら、本当に美しい旋律を奏でると、藺の演奏を聴くたびに思う。

ドアが開いたことに気付いた藺が、そこでぴたりと演奏をやめる。

「お姉ちゃん、おかえり！」

藺は嬉しそうにわたしに向かって手を振る。小さい頃から変わらない、無垢な笑顔で。

「あら、もうそんな時間？　お姉ちゃん、夕飯の買い物してきてくれない？　昼間に書類とか書いていたら行く暇がなくって」

わたしに気付いたお母さんが、壁の時計を見上げため息をついた。

防音室にはグランドピアノと簡単なデスクセット、それから藺のベッドが置かれている。

決して広いわけではない我が家の間取りは、この藺の部屋が大半を占めている。その隣にある、四畳半ほどの部屋がわたしのパーソナルスペースだ。北側なので日当たりはよくないけれど、こぢんまりとして気に入っている。

そもそもここへ越してきたのは、二十四時間ピアノの練習ができる防音室があるため。昔から我が家では、藺の環境を整えることを第一に優先して物事が決められてきた。

もちろん、わたしだってそれに大賛成だ。

わたしには、グランドピアノが置けるような大きな部屋なんて必要ない。

「着替えなくてもいっか」

荷物を置いたわたしは、制服のまま買い物袋を手に再び靴を履く。

冷蔵庫には玉ねぎが入っていた。卵とウインナーを買ってくれば、オムライスくらいは作れるだろう。付け合わせにレタスを買おう。あとは牛乳ととうもろこしで、コーンスープがあればいいかな。

「行ってきまーす」

マンションのドアを開けると、冷えた空気がかさついた頬を撫でていく。

「うわ、冷えるなぁ……」

防音室のドアの隙間からは、美しい旋律が再び流れていた。

今日は多分、ちょっとツイていない日だったんだと思う。

マンションの前、水たまりの中を自転車が通過して、足元に泥水が思いきり撥ねた。

歩道を歩いていたら、一時停止を無視した車が急ブレーキを踏んで「危ねえだろうが！」と叫んできた。

野菜を見ているとき、ひとりで号泣している小さな子をあやしていたら、母親らしきひとが現れ、舌打ちをしながら子供の手を引き去っていった。

スーパーのレジに並んでいたら、「あらよっと」なんて言いながら、何食わぬ顔でおばさんに割り込まれた。

帰り道、男子高校生の集団とぶつかって、買い物袋の中の卵が割れてしまった。

「ただいまー」

今日二度目となる、ただいまを口にする。もちろん返事はないけれど、今度は防音室のドアを開けたりはしなかった。

そのままリビングに向かい、手を洗って袋から食材を出す。

家を出る前にスイッチを入れておいた炊飯器を開け、炊き立てのご飯をフライパンに移す。玉ねぎとウインナーを刻み、ケチャップも投入。炒めている間に、鍋に牛乳とそぎ落としたコーンを入れてスープを作る。

「瓦井くんなら、黙ってなかったかもしれないな」

自転車の運転手には『歩行者がいることくらい、見たらわかるはず』と言い、急ブレーキをかけた運転手には『歩行者優先！』と指をさし、舌打ちした母親には『子供から目を離すなんてありえない』と正論をぶつける。割り込みおばさんには『最後尾、あちらですが』と何食わぬ顔で伝え、男子高生の集団には『広がって歩くのは迷惑行為だ』と割れた卵を見せる――かもしれない。

全部ただの、想像なんだけれど。

それでもそんな想像ひとつで、心はなんとなく軽くなる。

わたしの中で瓦井くんが、ひとつずつモヤモヤを解消してくれているような感じだ。

それはどこか、漫画やアニメの中のヒーローが悪者をやっつけてくれるのに近い爽快感があった。

「あら、オムライス？」

ケチャップライスが完成したところで、お母さんがキッチンに顔を出した。明け放したドアの向こうからは、ピアノの旋律が聞こえてくる。

「本当いい子に育ってくれて、お母さん助かるわ」

そう言ったお母さんは、ふたつのマグカップに紅茶を入れると再び防音室へと戻っていった。

リビングには静寂が戻る。

「お母さんが助かってるなら、よかったよ」

ぽつり。

今さらここで言ったって、お母さんには聞こえないのに。

夕飯を作ることが、嫌なわけじゃない。

なんでも繭が優先されることに、不満があるわけじゃない。

家族がいて、友達もいて、学校もそれなりに楽しくて。

それなのに――。

できあがった夕飯を、テーブルの上にふたり分綺麗に並べる。こうしておけば、きりのいいところでこちらへ来たお母さんと繭がすぐに食べられるから。

『ちょっと疲れたので先に寝ます。おやすみ』

真っ白なメモ用紙に、ボールペンを走らせる。それから〝例の服〟に着替え、赤いリップを引く。

大きなトートバッグを肩にかけて玄関のドアをそっと開ければ、薄くなっていた酸素がぶわりと体中に流れ込む。

心配をかけたいわけじゃない。迷惑になることをしたいわけじゃない。

――ただ、ただね。

無性に家を飛び出したくなることがある。

どこかへ行ってしまいたいという思いを、抑えきれなくなることがある。

自分じゃない誰かになりたいと、切望することがある。

夜に溶けてしまいたいと、願ってしまうときがある。

ただ、それだけのことなんだ。

人間の適切な睡眠は八時間だと、いつだったか矢坂先生が言っていた。

今日のわたしの睡眠は、およそ三時間。適切な長さには五時間足りない。

ふわあと大きなあくびをひとつすると、隣を歩いていた彩華が心配そうにこちらを見上げた。

「色ちゃん寝不足？　すごい眠そうだけど」

朝はいつも、彩華と一緒に登校している。

小学五年の春、他県から転校してきた彩華。同じマンション、同じ学年、同じクラスということで、不安そうな彼女の手を引いて学校へ行ったのが始まりだった。

それから卒業するまで毎日、そして中学、高校へと進んでも、わたしたちは一緒に学校へ行き、そして一緒に帰ってきている。

「昨日寝たの遅かったからなぁ」

「ちゃんと夜は寝なきゃだめだよ。また動画でも見てたんでしょー？」

「そうそう、止まらなくなっちゃって」

本当のことを言えば、昨夜は動画は見ていない。夕食を作ったあとに家を抜け出し、電車に乗って繁華街まで行っていたから。

突発的にしてしまう、〝わたしなりの家出〟。わざわざそう表現するのは、誰にも知られずに家へ戻っているわたしの行動は、世間一般にいう家出とは違うかもしれないと思うからだ。

昨夜も日付が変わる頃に、ひっそりと家へ戻った。玄関を開けてすぐ自分の部屋があるというのは、こういうときに便利だ。

「それで、今日は何時に起きたの？」

「五時だったかな」

彩華の質問に正直に答えると、彼女は丸い目をさらに丸くして、わざと怒ったような顔を見せる。

「早すぎるよ。それじゃ遅寝早起きになっちゃう」

「日が昇ると目が覚めちゃうんだよ」

「今の時期、五時なんて真っ暗だよ」

「早く春とか夏にならないかなぁ。五時でもずいぶん明るくなるのに」

「もう色ちゃん。そういう問題じゃないでしょ」

実のところ、わたしはあまり長い時間眠ることができない。そういうひとたちのことを、ショートスリーパーと呼ぶのだとなにかで目にしたことがある。

どんなに遅く眠りについていても、毎朝五時にはぴたりと目が覚める。どれほど眠くても、疲れていても、どうしても目が覚めてしまうのだ。もちろん、そんな状態で疲れが取れていることはなく、しんどさだけはしっかり残っている。

朝活という言葉もよく耳にするけれど、わたしの場合は特になにもしていない。ただ起き上がって、ベッドの上でぼーっとしているだけ。

起きたばかりのときくらい、なにも考えずに過ごしたいから。

それに彩華の言う通り、この時期の午前五時はまだ暗闇が支配している時間帯だ。

「早起きは三文の徳、なんて言うけど、なにもいいことないなぁ」

そんなわたしのぼやきに、「その前に、色ちゃんは夜早く寝た方がいい」と真面目な顔をした彩華は言うのだった。

「え……、なにこの雰囲気……」

クラスへ向かうと、いつもとは違う空気が流れていた。

教室の中央付近で向かい合っているのは、瓦井くんと市川くん。先日、瓦井くんが職員室で話題に出していた陸上部員だ。

わたしたちに気付いたサナと友奈が、こちらへと駆け寄ってくる。若干高揚したような顔つきのふたりは、わたしたちへ顔を寄せた。

「瓦井くんがまた問題起こしたんだって」

「陸部、解散の危機っぽい」

どくり。心臓に嫌な衝撃が走る。彩華は隣で、不安そうな表情を浮かべた。

「瓦井、マジでお前空気読めよ」

市川くんが、怒りを湛(たた)えた声で言う。

昨日の職員室での一幕が脳裏に浮かぶ。もしかしたらあのことが、市川くんの耳にも入ったのかもしれない。

「納得できない、どう考えても」

今日も瓦井くんは、まっすぐに前を向いている。静かな憤りを、その背中に背負いながら。

「お前の納得とかいらないんだよ！」

市川くんは明るくてお調子者で、だけど本当はすごく真面目な性格だ。

彼のことをよく知っているわけではないけれど、早い時間からグラウンドで自主練習をしているのを毎朝のように目撃してきた。

それに昨日の瓦井くんの話を聞けば、経験者ばかりの陸上部に素人同然で入部した市川くんが、真摯(しんし)に陸上に向き合ってきたのは事実だったはずだ。

「おかしいことはおかしい。それを言うのは悪いことじゃない」

またダ、とわたしは思った。瓦井くんはこの言葉を、職員室でも口にしていた。しかし、市川くんには届かない。

「陸上なんて本気でやってるわけじゃない。大会とかどうでもいいんだよ」

ついにはそう吐き捨てた市川くん。それが本心ではないことくらい、部外者であるわたしにもわかった。

市川くんだって、こんなことを言いたいわけじゃない。だけど、言うしかない状況にまで追い込まれてしまっているのだ。

それなのに——。

「見てるこっちが恥ずかしくなる」

瓦井くんは、市川くんに向かってそう言い放ったのだ。

教室内に緊張感が張り詰める。

「本当は納得できてないのに、ものわかりのいいふりして。悔しいくせに、本気じゃないとか保険かけて」

瓦井くんはずばずばと、容赦(ようしゃ)ない言葉を放ち続ける。

——ああ。彼はなんて不器用なひとなんだろう。

市川くんに、素直に言ってあげればいいだけなのに。『お前が努力してきたのを見てきたからこそ、許せない』って。

瓦井くんは闘っていたのだ。市川くんのこれまでの頑張りを、努力を守るために。

「お前に俺の気持ちがわかるかよ……」

怒りに震える市川くんの声が、空気を小刻みに震わせる。

瓦井くんは、それに対してひとつもひるまない。

自分が周りにどう思われるかとか。これを言ったら嫌われるかもとか。自分を守るために言い訳をするとか。そういう概念が、彼にはない。

そのことはときに正義となり、ときに相手の心を深く傷つける刃となる。

「お前、そんなダサい奴だったっけ」

瓦井くんの言葉が刃となった瞬間、顔を真っ赤にした市川くんが彼に殴りかかった。

彩華が「きゃあっ」と小さな悲鳴をあげるも、瓦井くんは向けられた拳をひらりとかわすだけ。

奥の机へと勢いよく突っ込んだ市川くんは、体の向きを変えると瓦井くんへ再び拳を振り上げる。

それはなんだか、映画のワンシーンでも見ているみたいだった。

先生を呼びに駆け出すひとたちと、怒りが頂点に達したひとを前に気持ちを高ぶらせるひとたちと、驚きと恐怖で凍り付いたように見ているだけのひとたちと。

怒りに任せ拳を振り回す市川くんと、無表情でそれをひたすらかわす瓦井くん。

「お前らなにやってんだ！　また瓦井か！」

騒ぎを聞きつけた先生たちがやってきて、市川くんは取り押さえられる。はあはあと息を切らした彼の顔は怒りで真っ赤になっていて、目元はびしょびしょに濡れている。

見てはいけないものを見た気がして目を逸らすと、反対側にいた瓦井くんと視線が重なった。

対照的に、彼はとても落ち着いていた。だけどその瞳には、青白い怒りの炎が見えた気がした。


「瓦井くんも市川くんも、大丈夫だったかなぁ」

昼休み、彩華が心配そうに話題を切り出した。

あのあと市川くんは教室に帰ってこず、何事もなかったかのような表情で戻ってきた瓦井くんは、昼休みになると矢坂先生に呼ばれて職員室へと向かった。

今朝の出来事はあっという間に学校中に広まって、尾ひれ背びれがついて大きな話題となっている。

「瓦井くんが昨日、自分勝手なことを顧問に言ったみたい」

「噂だと、自分のレギュラーの座が危うくなって暴挙に出たらしいよ。理不尽だとかなんだとか、って」

昨日は職員室で先生と、今日は教室で市川くんと対峙した瓦井くん。大なり小なりの差はあれど、こういうことは今回が初めてではなかった。

瓦井くんは、常に話題に事欠かない。

「トラブルメーカーだよね」

「そりゃ、あれだけ空気が読めなければね。おまけに自分のことしか考えてないし」

サナたちの噂話に、それは違うと言いかけて、ごくんと喉の奥へと押し込んだ。

今にも口から飛び出しそうな言葉を、冷凍食品のから揚げを飲み込んで無理やりみぞおちへと落としていく。

ここでわたしが彼を庇うようなことを言ったって、面白おかしく話題にされるだけだ。なにより、陸上部でもなければ瓦井くんと交流があるわけでもないわたしの言葉なんて、なんの信憑性もないだろう。

ひとが持っているイメージというのは根強いものだ。

このひとはこうだから、こんなことはしないだろう……とか。

あのひとはああだから、絶対にあんなことをしているに違いない……とか。

わたしがいくら、瓦井くんは市川くんのために、先生に話をしていたんだと言ったところで、誰も信じてはくれないだろう。

わたしが衝動的に家出を繰り返していることを、誰も信じないのと同じように。

◇

「あぁ……マラソン大会……」

先生から配られたプリントを見たわたしは、どさりと机の上に突っ伏した。

運動全般が苦手なわたし。その中でもっとも忌み嫌っているのが、マラソンなのだ。

「一年で一番嫌な日だ……」

ほとんどの学校でマラソン大会はあると聞く。一体誰が、そんなことを始めたのだろうか。凍てつくような寒さの中、果てしない距離を走らせるなんてどうかしている。

いや、炎天下の中を走るのもきついけれど。いや、むしろ三百六十五日いつだとしても、とにかくマラソンはしたくない。

彩華はふんわりとした雰囲気とは対照的に運動神経が抜群で、去年のマラソン大会では上位入賞を果たしている。サナと友奈は最初から真面目に参加する気はないらしく、最後尾あたりをしゃべりながら歩いているとのことだった。

「色ちゃん、そう言いながらもいつも頑張ってるし。今年も大丈夫だよ」

彩華の励ましの言葉にも、わたしは変わらず項垂れたままだ。

速く走れるわけでもなく、かといって手を抜く勇気も覚悟もないわたしは去年、本気で死にそうになりながら、最終集団くらいでゴールしていた。

「なんのために走らなきゃいけないのかなぁ……」

参加しなければ単位がもらえないだなんて、冷静に考えればずいぶんと乱暴な話だ。走りたいひとだけが走って、走りたくないひとは別のことで単位がもらえる仕組みにすればいいのに。

「まあ、そんなこと言ってもなにも変わらないんだけどね……」

どんなに不満を言ったって、世の中は変わらない。わたしがマラソン大会断固阻止と叫んだところで、この悪しき風習が撤回されることはないだろう。これまで何十年と、その歴史が繰り返されてきたように。

「仕方ないよ、決まりだもん」

彩華の言葉に、わたしはもう一度机に頬をつけ項垂れた。そのとき、窓際に座る瓦井くんの姿が目に入った。

――陸上部の瓦井くんは、どんな風に走るんだろう。走っているときにも、納得いかないことがあれば、感情を露(あら)わにするのだろうか。

冬の日差しを背中に受けた瓦井くんは、無言ながら、今日もなにかを考え込んでいるようだった。

◇

「お姉ちゃん、一緒に買い物行こうよ！」

ある土曜日、ベッドの上でだらだらと過ごしていると、練習を終えた繭が部屋のドアをノックした。

わたしたちは、仲のいい姉妹だと思う。繭は本当に忙しくて、一緒になにかをすることはほとんどないけれど、よく『お姉ちゃんお姉ちゃん』といろいろな話をしてくれる。

「わたしはいいけど、練習平気なの？」

「うーん……。実はちょっと、スランプ気味で」

どれほど才能にあふれていても、そこに血の滲むような努力を重ねても、誰にでもスランプというものはあるらしい。

わたしが聴いている分には、いつもと変わらない素晴らしい演奏なのに、本人とお母さんはこれでは勝てないと感じているらしかった。

「それに今日、お母さんは出かけるって言ってたし！」

基本的に、お母さんは常に繭と行動を共にしている。海外のコンクールに特別レッスン、演奏会にその他もろもろ。学校への送迎も、お母さんが車でしているのだ。

そんな繭にとって、お母さんがいない日曜の午後というのは特別に感じるものなのかもしれない。

「お母さん、夕方には帰ってくるって言ってたからなぁ。都内まで行くのは移動時間がもったいないかも」

あくまでも繭は、内緒で外出しようとしているらしい。たしかに、お母さんは繭の外出を簡単には認めないだろう。

言葉を恐れずに言うならば、お母さんは繭に対して〝過保護〟なのだ。

「そしたら、大宮にする？」

電車で十五分ほどで到着する繁華街を提案すれば、繭はぱっと目を輝かせた。

繭は、姉のわたしから見てもとてもかわいい女の子だ。瞳は薄茶色で、髪の毛の色素も薄く、よく人形のようだと言われる。

小さい頃からピアノの才能を認められ、ある種箱入り娘として育てられた繭には、すれていない純粋なかわいらしさがあった。

素直で一生懸命、明るくて前向き。逆に言えば、こんな〝いい子〟が、よくぞ競争の厳しい世界で闘っているなと思うくらいだ。

「なんか、すっごく生きてる感じするーっ！」

多くのひとが行き交うコンコースで、繭は両手を広げてくるくると回った。

右手には洋服の紙袋、左手にはコーヒーショップで買ったホットチョコレートのカップを持っている。

周りのひとが、なんだ？と不思議そうな顔をして、わたしは慌ててそんな妹の手を取った。

「繭、変な目で見られてるから」

「え？　ああ、ごめんごめん」

へへっと笑った繭は、それでもやはり嬉しそうに目を閉じて深呼吸をした。

緑がいっぱいの場所ならともかく、駅前のコンコースで深呼吸をしているひとなんて、繭のほかにはいない。

だけど繭にとっては、ピアノと一瞬でも離れられたこの時間は、解放感でいっぱいなのかもしれない。

ただ買い物をして、流行りのドリンクを片手にぷらぷらとして。

同じ年頃の子たちにとっての〝普通〟は、繭にとっては〝特別〟なのだ。

「お姉ちゃんはいいな」

「なんで？」

「自由だから。羨ましい」

そんな繭の言葉に、胸の奥底から仄暗いものが湧き上がってくる気がして、わたしは大きく息を吸い込んだ。

それから二秒、瞳を閉じて、心を落ち着かせまぶたを開ける。

そうすれば、いつものわたしに戻っているから。

「たまにこうして、出かけようよ。わたしでよかったら付き合うから」

「やっぱお姉ちゃんがいてくれて、本当よかった」

そう笑った繭に、わたしは同じように笑って返したのだった。


「どういうことなの!?」

家の玄関を開けた瞬間、ヒステリックな叫び声が響いた。

ぴしりと、心臓のあたりが冷たい氷のように固まってしまう。どうやらほんの数分前、お母さんは帰宅したみたいだ。

「お姉ちゃん!! 繭がどういう状況かわかってるでしょ!?」

顔面を蒼白にしたお母さんはすぐに繭に駆け寄り、両手を取ると何度も何事もないかを確認する。

――ピアニストにとって、両手は命よりも大事なもの。

小学生の頃から、繭は体育の授業を免除されていた。怪我をしたら大変だから。

もちろん、海外への短期留学や特別レッスン、コンクールなどで日程的に参加できない学校行事もあったけれど、そうでなくてもお母さんは常に、繭の両手が傷つく可能性があることを徹底的に排除していた。

彫刻刀を使った授業。包丁を扱う料理。ステッキを握るスキー旅行。工具を使う木工教室。

繭の手は、ピアノを奏でるために存在している。

「大事なコンクールも控えているのよ⁉　どうしてそうやって、繭の邪魔をするの！」

「違うのお母さん！　わたしがお姉ちゃんに」

「繭は黙ってなさい！」

お母さんは、悪い母親なんかじゃない。毒親なんかでも、きっとない。

普段は穏やかで、優しくて、子供の将来をとても大事に思っている。

ただ、繭のピアノ人生に関わることには、感情が抑えきれなくなってしまうだけなのだ。

「ごめんなさい、お母さん……」

「お姉ちゃんがいれば安心だと思ってたのに。絶対にこれからは、こんなことをしないで！　ちゃんといいお姉ちゃんでいてちょうだい！」

「……はい」

こういうとき、自己嫌悪感で潰されそうになる。

藺にとって、息抜きは大事なことだ。だけど、お母さんに内緒でというのはまずかった。そんなことくらい、少し考えればわかったはず。

藺のことをなによりも大事に思っているお母さん。我が家はいつだって、藺を中心に回っているのに。どうしてそれを、乱すようなことをしてしまったのか。

「ごめんね、藺」

目に涙をいっぱい浮かべた藺は、わたしの言葉にぎゅっと唇を噛んだ。そこに滲むのは、悔しさや怒りの感情。

藺だってきっと、ちゃんとわかっている。お母さんのおかげで、ピアノを続けられているということ。お母さんが、どれだけ自分を大事にしてくれているかということ。

それでも抑えきれない感情が、きっとあるのだろう。

──わたしには、わからない感情が。

その夜、なにかに引きずられるように夜の繁華街へと向かうわたしがいた。

別にイライラしていたわけではないし、悲しくてたまらなかったわけでもない。お母さんから怒られたことを引きずっていたわけでもない。

うちのお母さんは切り替えがとても早い性格で、繭が無事だったことと、わたしの謝罪によって、帰宅から三十分が経った頃には穏やかなお母さんに戻っていた。

大事だから、怒ってしまう。本気だから、怒ってしまう。

それだけのことだ。

「やっぱり冷えるな……」

だけど今夜は、凍てつくようなその寒さがありがたかった。かじかむ指先や赤くなった鼻先が、生きていることを実感させてくれるような気がしたから。

今日も息をするように、SNSのページを開く。

ハッシュタグをつけて検索すれば、〝家出少女〟は今宵もたくさん街にあふれているみたいだ。

ぴこんと、画面の上にメッセージの通知が表示される。差出人は、お母さん。

『出かけたの？』

どきりと心臓が縦に揺れる。どうやら、わたしが家にいないことに気付いたみたいだ。

そのままもうひとつ、メッセージが現れる。

『帰りに牛乳買ってきてくれる？　明日は繭のレッスンで早いから、先に寝ます。気を付けて帰ってきてね』

ほうっ、とため息なのか安堵の息なのか、よくわからないものが出た。

わたしが黙って家を出たことに気付いたお母さん。

心配するわけでもなく、牛乳を買ってきてとメッセージを送ってきたお母さん。

もしも繭が相手だったならば、鬼のように電話をかけ続け、下手したら警察に通報すらしかねないだろう。

「……まあ、そんなもんだよね」

誰に言うでもなく、自然とそんな言葉が落ちる。そうすると、ざわつきそうになった気持ちがスッと静かになっていくのだ。

――そうだよ、そんなもんだよ。

太陽の下、ショッピングバッグとドリンクを手に、気持ちよさそうに深呼吸をした繭を思い出す。

同じ場所でわたしは今、なにかから隠れるように呼吸をする。ネオンやライトで星も見えない冬空の下、大きなトートバッグを抱えて俯いたまま――。

そのとき、視線の先に白いスニーカーが現れた。

「また家出？」

眉をひそめた、瓦井くんがそこにいた。

駅前のコンコースには、座れるように整備されている場所がある。そこに並んで座ったわたしの手には、彼が買ってきてくれた肉まんが握られている。

「なんだよそれ」

家出の理由を聞かれたわたしは、『これが理由ってわけじゃないけど』と前置きをしてから、今日あった出来事を打ち明けた。

すると彼は、明らかに怒りを含んだ声で冒頭の台詞を口にしたのだ。

「ごめんね、いきなりこんなこと話して」

自分では大したことじゃないと思ってはいるものの、心のどこかでは誰かに聞いてほしいと願っていたのかもしれない。一度口を開けば、するすると先ほどのお母さんからのメッセージの件まで滑り出した。

「ふざけてる」

「ごめん、そうだよね。家出するほどの出来事じゃないもんね。こんなことで家出なんかして周りに迷惑かけたら、よくないもんね……」

瓦井くんは、曲がったことが大嫌いだ。筋の通っていない事柄に対して、はっきりと嫌悪感を示す。

本気で家を出る覚悟もないわたしのこんな行動なんて、ただの甘えに違いなくって――。

「そうじゃない」

しかしそこで、瓦井くんはぴしゃりとわたしの言葉を切る。

「松下、ずっとそんな中で生きてきたわけ？」

「え……？」

「妹ばかりが優先される環境で？」

「だって、妹は特別だから」

「特別な人間なんていない。松下も妹も、親にとっては同じ娘だ」

一片の迷いもなくそう言い放つ瓦井くんに、わたしの中では感じたことのない感情が湧き上がってくる。

瓦井くんは、家出をしたわたしに間違っていると言うと思っていた。

なんの解決にもならないのだから、家出なんて馬鹿なことをするな。どうせ帰るなら最初から家にいろ、って。

だけどどうやら彼は――。

「怒ってないの……？」

「どう考えても腹が立つ」

「そうじゃなくて。わたしに、怒ってないの？」

そこで彼は、眉を寄せて口をへの字に曲げる。

「松下はなにも悪くない」

今度は自分の口元が、くにゃりとへの字になるのがわかった。

瓦井くんは、正義感が強いひとなんだと思っていた。曲がったことが嫌いで、筋が通っていないことが許せない。そしてなにより、自分の信念を貫くために、立ち向かうひとなんだと思っていた。

だけどきっと、そうじゃない。

彼の鋭い感情は、〝誰かの痛み〟に共鳴しているのかもしれない。

「家出するような出来事じゃないなんて、俺は思わない」

そう言うと、彼はポケットから取り出したスマホを耳に当て、反対側を向いて話し始めた。どうやら着信があったみたいだ。

わたしはそんな瓦井くんの襟足を、じっと見つめてしまう。

『松下はなにも悪くない』

それは、いつでも自分が原因だと思ってきたわたしにとって、感じたことがない温もりのようなものを持っていて。

家に帰れって、言われると思ったのに――。

通話を終えた瓦井くんは、くるりとこちらを振り向いた。慌ててわたしは、彼から視線をぱっと外す。

「俺も付き合う」

「え？」

「家出。行きたいとこは？」

「えっと……、今から……？」

「そうだろ。家出なんだから」

スマホを見れば、時刻は十時三十分。

「いつもは……、ゲームセンターでUFOキャッチャーして、チョコシェイク飲んで、ストリートライブ聞いて帰ってる……」

自然と、普段の行動を話してしまう自分がいた。

楽しいわけでもないし、興味があるわけでもなくて、ただ同じ場所を行ったり来たりしているだけの行動パターン。

瓦井くんは背筋を一度だけ伸ばすと、「じゃ行くか」と歩き出す。

「えっ？」

「まずは松下のコースを全部回る。そのあとのことは、また考えればいい」

瓦井くんは、ごく真面目な顔でそう言った。

そこにはやっぱり、迷いなんかはひとつもなかった。

真夜中だというのに、ファミレスはいつ来ても同じ様相を見せる。ただ、客層は日中と夜中ではずいぶんと違う感じがする。

制服姿の高校生はひとりもいなくって――当たり前なんだけど――大学生っぽいひとたちやスーツ姿のサラリーマン、華やかな身なりの女性たちも交じっていた。

「いらっしゃいませ～二名さまですか？」

「はい」

高校生とバレれば、さすがに入店を断られてしまうんじゃないか。そう身構えていたわたしとは裏腹に、瓦井くんは慣れた様子で店員さんに向かって指を二本立ててみせる。

背が高い瓦井くんはたしかにちょっと大人っぽくて、わたしも家出用の背伸びした服を着ているからか、店員さんはなにも言わずに奥の席へと通してくれた。

「それ、でかいな」

「でも、かわいいよ」

わたしが抱えた猫のぬいぐるみを見た瓦井くんは、真顔のまま普通の感想を言う。

いつものゲームセンターも、いつものチョコシェイクにストリートトライブも、新しいことなんてなにもなかった。

それでも今夜は、取れたぬいぐるみを家に持ち帰ることにした。チョコシェイクはいつもより甘い気がしたし、ストリートライブではミュージシャンの声の調子がよかったように感じた。

そうして終電の時間が近付いてきたとき、『このあとどうする？』という瓦井くんの質問に、わたしは『お腹がすいた』と答えたのだった。

「たしかに俺も、腹が減った」

「お夕飯食べてないの？」

「食った。でも、腹が立つと腹が減る」

ダジャレのような言葉選びに笑ってしまうと、「怒るのは、エネルギーを使う」と彼はぶっきらぼうに言いながらメニューを開いた。

そういえば、なぜ彼はこんな時間にあんな場所にいたのだろう。家出中に会うのは二回目で、前回も週末だったと記憶している。

聞いてみたいと思いつつ、知らない方がいいかもしれないとも思う。

わたしと彼は、深い関係でもなんでもないから。

「ハンバーグセット ご飯大盛り。松下は？」

「えっ、あっ、わたしも同じ！」

「大食いだ」

「えっ⁉　いやっ、大盛りはなしで！」

彼のプライベートについて想像を巡らせそうになっていたわたしは、不自然なくらいにあたふたとしてしまう。

タブレットで注文を済ませた瓦井くんは、そんなわたしを見ると一瞬だけ口元を緩めた。

なんでだろう。たったそれだけで、冷えていた心の中がぽっとあたたかくなっていくのは。

――今ならば、答えてくれそうな気がする。

「ねえ瓦井くん」

ずっとずっと不思議だった。

どうして瓦井くんは、すべてのことにあれほどまっすぐに立ち向かえるのだろう。

自分以外のことに対して、エネルギーを向けることができるんだろう。

「どうしていつも、そんなにまっすぐ怒ることができるの？」

ちょっと緊張したものの、この質問を口にしたのはどうしても気になって仕方がなかったから。

人間には、喜怒哀楽の感情が備わっているという。

だけどいろいろな経験をしたり、様々なひとびとと関わっていく中で、怒りというものは一番表に出にくくなる感情だとわたしは思う。

真剣に向き合っていなければ、怒りはきっと湧いてこない。

それに怒ることというのは、彼も言っていた通り大きなエネルギーを使う。嫌な気持ちになるし、イライラするし、血糖値は上がるし、周りの空気は悪くなるし、悪目立ちしてしまうし、みんなからの視線も痛いし。正直、いいことなんてひとつもない。

それなのにどうして——ときには自分以外の誰かのために誤解をされてまで——、感情を表すことができるのだろうか。

「松下って、やっぱり変わってる」

以前言ったのと同じ言葉を、彼は今夜も口にする。

視線はメニューに向けられたまま。だけどその声に穏やかな色が混じっているような気がして、なぜかドキリとしてしまう。

「怒ることが〝できる〟、なんて普通は言わない」

「そう、なのかな……」

そういう言葉が出てくるのはシンプルに、わたしが怒ることが〝できない〟からだ。

「わたしね、怒りの感情がよくわからないんだ。抜け落ちちゃってる、みたいな」

そこで改めて、瓦井くんがこちらを見た。

「嫌なことがあっても、怒りにまでは発展しないというか。怒るほどのことじゃないって思っちゃうというか」

ほかのテーブルのひとがボタンを押したのだろう。店員さんを呼ぶベルが、ピンポーンと店内に響く。

「わたし多分、欠陥があるんだと思う。自分のことがよくわからないんだよね」

わざと強い言葉を使ったわたしは、それからまた、へらりと笑った。

この話は、ほかのひとにしたことはない。

別に悩んでいるわけでもないし、周りが持つわたしのイメージに反することをわざわざ話す必要性も感じていなかったから。

「家出をしちゃう理由もね、正直、自分でもよくわかっていないの」

瓦井くんに偶然会ったあの夜から、ずっと自分に問い続けていた。

わたしは一体、どうしたいんだろう。

なにを求めて、こんな風に夜の街へと繰り出してしまうのか。

考えても考えても、答えなんかは出なかった。

「学校でも家でもうまくやれてるつもりなんだよ。だけどどこか、壊れちゃってるのかもしれないね」

それでも今、こうして打ち明けられたのは、学校とは違う空気を瓦井くんが纏って怪訝そうな表情で。

いるかもしれない。

「それは――」

黙っていた彼が、おもむろに口を開いた。なんとも言えない、怪訝そうな表情で。

その瞬間、後悔の念が一気にわたしに襲いかかる。

どうしよう。そんなに打ち解けているわけでもないのに、ついこんな話をしてしまった。重い空気になってしまったし、お悩み相談というわけでもないし、話の着地点が見つからないじゃないか。

「あの、瓦井く――」

「病気だ」

――え？

数秒ののち、意外な彼の反応に思わず吹き出してしまう。

だってそんな真面目な顔をして、怒れないことを病気だなんて言うのだから。

「怒れないとか、病気だろ」

「それを言うなら、瓦井くんがあれだけ怒れるのは特殊能力かも」

「勝手にエスパーにするな」

わたしの失礼な発言にも、彼は怒ったりはしなくって。それどころか――。

「瓦井くんて、笑ったりするんだ」

「え？　笑った……？」

　そこでぴたりと、彼は表情を止めた。

　わたしたちがいるのは、お店の中で一番奥まった場所にあるボックス席。店内を広く見せるため、壁はところどころ鏡になっている。

　うんと頷いたわたしに、瓦井くんは鏡をまじまじと見つめた。それから口をにいっと引いてみたりしながら怪訝そうに首を捻る。

　こんなかわいらしい面もあるなんて――もちろん本人にその気はないんだろうけれど――学校の誰も知らないだろう。少し前のわたしも、知らなかったみたいに。

「勘違いだな」と呟いた彼は、一度立ち上がるとドリンクバーへと歩いていった。その背中を、不思議な気持ちで見送る。

　夜遅くのファミレスで、瓦井くんと一緒にいる。

　そしてもっと不思議なことは、いつも彼を覆っている鋭いオーラのようなものが、ここに来てからはほとんど感じられないこと。

　グラスをふたつ持ってきた彼は、当たり前のようにひとつをわたしの前へと置いた。こういうところも、これまでのイメージとは違う。

　そうして再び腰を下ろした彼は、おもむろに口を開いた。

「俺は、松下とは正反対。笑うのが苦手で、許せないことが多い」

そんな言葉に、わたしは反射的に顔を上げる。

「人間は、なにを信じると思う？」

瓦井くんが問いかける。脈絡のないその質問に、わたしは考えたのち「目に見えるもの……？」と返してみる。

しかし彼は、首を横に振った。

「自分が信じたいものだけ」

真実だとか、本当に大事なものだとか、目に見えている事柄だとか。人間が信じるのはそういうものではないと、瓦井くんは続ける。

「都合よく解釈して、最終的には自分の信じたいものをひとは信じる。それによって、傷つくひとがいるなんて考えもしない」

瓦井くんの言葉には、責めるような鋭さはなくて、淡々と響くそれは、どこか悲しい響きを持っているように感じられた。

やっぱり彼は自分以外の誰かのために、理不尽に立ち向かっているのだろう。

「別に、世の中をどうにかしようとか思ってるわけじゃない。だけど誰かが言わなければ、それが当たり前な世界になっていく」

瓦井くんが言っていた『おかしいことはおかしい』という台詞が頭の中で鮮やかに蘇る。

わたしの想像以上に、瓦井くんはいろいろな思いを抱えているのかもしれない。

少し話しすぎたと感じたのか、彼はコホンと咳払(せきばら)いをすると「つまりまあ……」と
その先の言葉を探す。

それからちょうどよい答えを見つけたのか、居住まいを正した。

「自分を守れるのは自分だけだから。とりあえず、松下はもっと怒った方がいい」

「それなら、瓦井くんはもっと笑った方がいい」

数秒、顔を見合わせたわたしたちは、どちらからともなく表情を緩めて目を逸らした。

「松下は負けず嫌いだ」

「そうみたい。わたしも今知ったよ」

言葉にしながら、そっと瓦井くんを盗み見る。

やっぱり、瓦井くんは笑った方がいい。笑顔、ちょっとかわいいから。

グラスの中の氷が、カラコロと音を立ててくるりと一周した。

そっと玄関を開け、そのままリビングへ向かう。あと一時間もすれば、お母さんと
繭が起きてくるだろう。
結局わたしたちは、明け方までファミレスでおしゃべりを続けた。

不思議なことに話題はずっと尽きなくて、だけど大した話をしていたわけでもなくて、ただただ心地よい時間だけが過ぎていった。

それからほとんどひとが乗っていない早朝の電車に乗り、互いに家への帰り道についたのだった。

「牛乳、入れておかないと……」

駅前のコンビニで買った牛乳を冷蔵庫にしまっていると、後ろでカタンと音がした。

びくっと肩を震わせて恐る恐る振り向くと、そこには眠そうに目をこすったパジャマ姿のお母さん。

「相変わらず朝早いわね。授業中に眠くならないの？」

どうやら、今しがた帰ってきたとは思ってもいないみたいだ。

家出をしても、気付いてさえもらえない――。

わたしがこの家から消えてしまっても、お母さんはなんとも思わないのではないか。

ふとそんな感情が湧き出たことに、自分自身驚いた。瓦井くんと家庭環境の話なんかをしたせいかもしれない。

わたしはぐっと、そんな薄暗い感情の雲を胃の奥へと押し返す。お母さんは冷蔵庫を開けると、ミネラルウォーターのキャップを捻ってごくりと喉を上下させた。

「うん、大丈夫」

笑顔でそう返したわたしに、あくびで応えるお母さん。

「もうちょっと寝るわね」

「おやすみ。朝ご飯、作っておくね」

そう伝えると、そこでお母さんは優しく目元を細めた。

「本当にお姉ちゃんは、よくできた子。助かるわ」

小さな子供にするように、ぽんぽんと頭に優しく手を置いたお母さんは、そのまま寝室へと消えていった。

ホッ、とわたしは息を吐き出す。

「お母さん、よく見えてなかったんだな」

わたしが夜の間、ずっと家に帰ってこなかったことに気付かなかったお母さん。それは、水を飲むためだけに起きてきてメガネをかけていなかったから。普段とは違うわたしの服装やメイクが、よく見えていなかったんだろう。そうに違いない。

――そうであってほしい。

「あれ……」

きゅうっと胸の奥で、心細さが鳴き声をあげる。今までずっと、そんな声は聞こえてきたりしなかったのに。

なぜか無性に、瓦井くんに会いたくなった。ついさっき、別れたばかりなのに。

　ポケットからスマホを取り出す。新しく表示された〝瓦井睦〟の文字をタップして、なにかメッセージを打とうかと考えていたときだった。

　ぴこんとそこに、メッセージが現れたのだ。

『夜に家出するくらいなら、朝走る方が賢明だと思うけど。来たかったら来れば』

　彼が毎朝ランニングしているという話は、ファミレスで聞いたばかり。

　さすがに今日は、走らないと言っていたけれど。

「〝来たかったら来れば〟だって。瓦井くんらしい」

　小さく笑みがこぼれてしまう。

　彼からの提案は、わたしにはぴったりだと思った。

　朝早くから予定があれば、夜に出かけようとは思わなくなるかもしれない。

　家を出るということ自体が目的ならば、夜の繁華街より早朝の公園の方が、いろいろな意味できっといい。

『行きたいので、行きます』

　素直な気持ちを指先に乗せ、まっすぐに彼へと飛ばす。

　すぐに既読がつくと、文字上ではあるけれど、今も目の前で話をしているみたいだ。

『頭を空っぽにしたいときは、走るか寝るに限る』

　瓦井くんの言葉に、気付けば笑顔で返信をしていた。

『美味しいものを食べる、も追加して』

食べ物の絵文字を並べて送れば、瓦井くんからはハンバーガーの絵文字がひとつ返ってきた。

「今日食べたの、ハンバーグだけどね」

本当はもうひとつ。瓦井くんととりとめもないおしゃべりをする、も心の中でだけ追加する。

みんなとは距離を置いている瓦井くんとメッセージのやりとりをしていることに、正直まだ実感は湧かない。

ただ、とてつもなく特別なことが起きているんだという高揚感は感じる。

早朝のランニングと、深夜の家出。

これからわたしたちは、ふたつの秘密の時間帯を共有することになる。

まさかあの瓦井くんとそんな関係になるなんて、思ってもみなかった。

『ランニングは明日から。五時半に集合。俺は寝る』

マップが添付されたメッセージに、つられるようにふわぁと大きなあくびが出た。

とりあえず、繭とお母さんの朝食だけ作っておこう。ふたりが出かけたら、わたしは特に予定もない。昼過ぎまでゆっくり眠るのもいいかもしれない。

たまにはそんな風に、自分を甘やかしてもいいのかも。

『おやすみ、瓦井くん』

心の中は、不思議な優しさで満たされていた。

冬の早朝は、ひどく冷える。関東ですらこんな気温なんだから、北海道や東北はもっと寒いのだろう。同じ日本なのに温度や天気が違うのは、当たり前のことではあるけれど、なんとなく不思議だ。

「日が昇れば、少しはあったかくなるかな」

はあ、と息を吐き出せば、白い水蒸気がまだ薄暗い空へと散っていく。

約束の時間より、十五分も早く到着してしまった。

早朝に走るなんて、これまでに経験したことがない。なにを着たらいいかずいぶんと迷い、中学で名ばかり在籍していたバスケ部のジャージを発掘して着てみた。

「さむっ」

風が吹き、一度その場で跳ねてみる。動いていればあったかくなるかもしれない。そこから小さくぴょこぴょこと跳ね続けながら、瓦井くんの到着を待った。

彼が指定したのは、お互いの家の中間地点くらいにある広い公園だ。大きな湖の周りをぐるりと囲うようにコースができていて、走ったり歩いたり、自転車で楽しむこともできる。

緑が豊かで、途中に湖を横断できる橋もあり、ちょっと遠いところに来たような気分さえ味わえる。

自宅からここまでは、自転車で二十分かからないくらい。今まで、存在自体は知っていたけれど、足を運んだことは一度もなかった。

「寒いけど、気持ちいいなぁ」

まだ薄暗い午前五時ちょっと過ぎ。ここへ来るのに自転車で通ったのは、大きな国道。いつもならたくさんの車が行き交うその道は、時折トラックが通過していくくらいで、まるで別の場所のようだった。

そんな国道を自転車で走るのは、とても爽快な気分だった。この世界が、全部自分のものになったと錯覚するような感覚。

ここだけの話、誰もいない青信号の交差点の中央で『やっほー！』と手を上げて叫ぶなんてこともしてみた。

家族といるわたしも、学校で過ごすわたしも、きっとそんなことをしたりしない。だけど本当は、ずっとずっとやってみたかった。小さい頃にドラマで見て、憧れていたのだ。

瓦井くんに言ったら、彼はどんな反応をするだろう。『なにしてんの？』と冷静に言われるか『やっぱり松下は変』とちょっとだけ笑ってくれるか。

気付けばずっと、瓦井くんのことを考えている。

特定の誰かのことを考え続けるなんて、今までなかった。それだけ彼はわたしにとって、影響力があるひとなのだろう。

「それにしても、綺麗な場所……。海みたい」

ここ、埼玉には海がない。だからかもしれない。こういう水辺や、水が広がる場所に来るとやたらと心が浮き立ってしまう。

水面へと続く、ゆるやかな段差たち。ジャンプをやめ、水辺ぎりぎりまで進んでみたわたしは、ぐーっと両手を上へと伸ばした。

「これはもう、海だ」

すうーっ、と空気を吸い込むと肺に澄んだ空気が流れ込む。

ぱしゃん、ぱしゃん、とゆっくりとした水面の音がリズムを刻む。

真っ暗だった空は、うっすらと紫色の部分が見え始めていた。うまくいけば、綺麗な日の出が見られるかもしれない。

「湖」

目を閉じて早朝の潮風を堪能していたわたしは、そこではっと我に返る。

「埼玉に海はない」

振り向けば、ジャージ姿の瓦井くんがいつの間にかそこにいた。

「ちなみにこれ、人工の湖」

そう言った彼は、はぁっと白い息の塊を斜め上に吐き出したあと、鼻をすすって顎をジャージの襟へ埋めた。ここまで走ってきたのだろうか、額にほんのりと汗が浮かんでいる。

「おはよう、瓦井くん」

「早かったな」

「自転車で来たから。瓦井くんは走ってきたの？」

「家からここに来て一周してまた帰る。トータル十五キロくらいでちょうどいい」

「じゅう、ご……」

学校に行く前にそんなに走るなんて、わたしには想像もできない。しかし瓦井くんにとっては毎朝の習慣なのだろう。涼しい顔をして「そのくらいなんともない」と言ってのけた。

「走るのって、そんなに楽しいの？」

走ることが嫌いなわたしだけど、もしかしたら苦手意識を持っているだけで、楽しさを知ればマラソン大会も乗り切れるかもしれない。

そんな淡い期待を胸に聞いてみるも、返ってきたのは「そういうわけじゃない」というなんとも味気ない答えだった。

　夜のファミレスのときと同様に、無表情ながら、瓦井くんの周りの空気は穏やかなままだ。目の前の水面が織りなす凪のように、薄暗い中でもわかるほどに、落ち着いた表情をしている。

「一周は大体四キロくらい。松下はまず、歩くので十分だと思う」

　ランニングは難しいけれど、ウォーキングならばできそうな気がする。

　ストレッチを始めた瓦井くんに倣って、わたしも足を左右に開いてアキレス腱を伸ばしてみる。

　そもそも、すでに走ってきている瓦井くんにストレッチは不要なはずだ。もしかしたらこれは、わたしのためだったりするのかもしれない。

　そんな思いが一瞬浮かび、いやいや自意識過剰！と自分の頬をパチンと両手で挟んだ。

「なに？」

「ううん、なんでもない！　それにしても、瓦井くんいいなあ。マラソン大会とか、なんてことないんでしょ？」

　変なところを見られてしまった。ごまかすように、腕をクロスさせてストレッチを続けていく。

「松下は、走るの嫌いそう」

「わかる？」

「体育の持久走のとき、顔すごかったから」

「えっ!? 見てたの!? めちゃくちゃひどい顔してるとこ！」

「偶然見かけただけ」

完全に油断していた場面だ。まさか見られていたとは。

恥ずかしい。素の状態の自分を見られる——しかも不満と疲労で最悪のコンディションのとき——というのは、穴があったら入りたいくらいに恥ずかしいことだ。

「……まあでも、本当に苦手」

脇腹はきゅうっと痛くなるし、肺は苦しいし疲れるし、ひたすらしんどいし。

それを口にした瞬間、まずいと思った。

だって、瓦井くんは走ることを自分で選んで陸上部に所属しているわけで。さらにはこうやって自主的に、毎朝走り続けているわけで。そんな相手に対して、かなり失礼な発言だった。

「俺の場合は、走ってない方がずっとしんどい」

しかし瓦井くんは怒るでもなく、変わらないトーンのままそう答えた。

彼の言葉の真意がわからず、わたしは首を捻る。

楽しいわけじゃないと、瓦井くんはそう言った。だけど、走らなければしんどいと感じるらしい。

「つまり……、どういうこと……？」

わたしが眉を寄せながら視線を空へやれば、瓦井くんは呆れたように眉を下げた。真顔と笑顔の、間みたいな表情。

「松下って賢そうで、意外となんもわかってないよな」

「瓦井くんの言うことが難しすぎるんだよ」

この間の夜から、彼のこんな表情を何度か目にした。学校にいるときには絶対に見せないような、そんな顔を。

「走ってる方がいいんだ、俺は。本当は多分、眠ってるとき以外、ずっと走ってた方がいい」

どこか遠くを見つめるような瓦井くんの表情は、いつもより大人びて見える。

「どうして？」

これまでわたしは、基本的に物事に疑問を抱いてはこなかった。だけど瓦井くんに対しては、なんで？とかどうして？という〝はてな〟がたくさん出てくる。

それは、瓦井くんがわたしとは正反対の生き方をしているひとだから。知りたいと、思ってしまうから。

「――走ってる間は、頭の中が空っぽになるから」

それから彼は、くしゃくしゃと薄茶色の髪の毛を手で混ぜた。

もしかしたら瓦井くんは、息苦しさを感じることもあるのかもしれない。許せないことが多いこと、それに対してまっすぐにぶつかることしかできないことに。

「俺だって、もっと気楽に生きたい」

「――瓦井くん」

腕時計をちらりと見た彼はジャージの襟元をきゅっと持ち上げると、そのまま軽やかに走り出した。

「じゃ俺、走るわ」と、振り向きざまに言葉を残して。

またひとつ、新しい一面を見た気がする。

きっと彼だって、迷いがないわけじゃないのだろう。許せないことが多い自分のことを、許せないときだってあるのかもしれない。

それでも、立ち止まったりしない。そんな自分を受け入れて、いろいろな感情を抱えながらも前を向いて、走り続けている。

「わたしも、頑張ってみようかな……」

だからわたしも、歩みを止めずに進んでみようと思ってしまう。

瓦井くんみたいに、走って走って走り続けてみれば、また新しい彼の姿を知ることができる気がしたから。

「なんだか、フォトジェニックだ」

両手の人差し指と親指で架空のファインダーを作ったわたしは、闇夜を切り裂くように走っていく彼の後ろ姿を、そっと切り取ったのだった。

◇

平日週末関係なく、瓦井くんは毎日同じ時間、同じ場所にいて、そこで軽くストレッチをしてから走り出す。

「し……、しんどーいっ！」

「俺、先行くから」

「えぇっ、待ってよ〜……はあっ」

同じタイミングでスタートしても、あっという間にわたしは置いていかれてしまう。陸上部の彼と、マラソン嫌いなわたしとでは、そもそもの体力もスピードも違いすぎるのだ。

「あー……、行っちゃった」

早朝ランニングを始めてから一週間。頑張ってみるなどと、自分でした決意を後悔しない朝はない。

それでも足は自然と公園へ向かってしまうし、瓦井くんから『行くぞ』と言われれば走り出さざるをえない。

継続は力なり、とはよく言うけれど、一週間続けてみても、やっぱり走ることは楽になんてなっていない。

それでも、小さいながらに変化はあった。

「寒い、つらい、苦しい、しんどい」

ふっふっふーと、動画サイトで見た呼吸法に思いを乗せる。

初日は二分走るだけで息が切れて、足が止まってしまっていたものが、今では三分を超えても呼吸法を継続できるようになっていた。これはかなり大きな進歩だ。

「寒い、つらい、苦しい、しんどい」

呼吸に合わせ、不満を吐き出す。

同じペースで繰り返す。そのリズムで地面を蹴る。

たしかに寒くてつらくて苦しい。だけどなんだか、ちょっと愉快にもなってしまう。

指先や頬や耳は冷たいけれど、ぽっぽっと胸のあたりが熱を放ち、じんわりと背中もあたたかくなってくる。

走っている、という事実が、胸を満たしてくれるような感覚がした。

◇

寝ても寝ても眠い。そのくせ、夜はなかなか寝つけなくて、朝も早くに目覚めてしまう。朝走るようになっても、それは簡単には変わらないみたいだ。

そんな矛盾だらけの睡眠事情は大人たちから言わせると〝若い証拠〟なのだそう。

「色葉さん。こんなところで寝てたら、風邪ひくわよ」

ゆさゆさと肩を揺すられ、ぼんやりとまぶたを開ける。

放課後の教室、机に突っ伏したまま眠っていたわたしの目の前には、矢坂先生の姿があった。

「あれ、寝ちゃってたんだわたし」

ほっぺたに手をやると、指先の感触だけでも、くっきりと教科書の線がついているのがわかった。宿題をやっておこうと思いながら、眠ってしまっていたらしい。

「もしかして、風紀委員が終わるの待ってるの？」

「あ、はい。もう終わりましたか？」

今日はいつもの四人で、新しく発売になったスイーツを食べに行く約束をしている。

しかし急遽（きゅうきょ）、彩華が所属する風紀委員会の集まりが入ったのだ。

サナと友奈が先に向かい、わたしは彩華を待っていることになったのだが、時計を見ればすでに一時間半ほどが経過していた。

「ずいぶん前に終わって、彩華さんも帰ったみたいだけど……」

「え？」

「今日の集まりは臨時のもので、確認事項だけだったから」

制服のポケットからスマホを取り出せば、四人のグループにメッセージが入っていた。

『ごめん色ちゃん！　勘違いして、委員会終わってそのまま来ちゃった！』

『先に食べてるからね』

『早く来ないと、色葉の分なくなっちゃうよ～？』

たしかにわたしは、教室で待っていることを彩華には伝えていなかった。昇降口にいなかったから、わたしがみんなと先に行ったのだと勘違いしたのかもしれない。

メッセージのあとには、おしゃれなパフェを囲む三人の写真が一枚。

「すれ違っちゃったみたいで。わたしも帰ります」

矢坂先生はほっとした表情を見せると、「また明日」と教室をあとにした。

はあ、と大きな息が出る。

ため息なのか、でもどこかほっとしたような、よくわからない感情が心の中で渦巻を作る。

「瓦井くんが知ったら、怒りそうだなぁ」

そんなことを考えながら、もう一度送られてきたメッセージを親指で辿る。

『勘違いして、委員会終わってそのまま来ちゃった！』

〝待ってるって言ったんだから、昇降口にいなくても連絡入れれば済む話。電話一本入れるべき〟

まるでわたしの中に、小さい瓦井くんがいるみたい。するすると彼の声で再生される言葉に、ちょっとだけ笑いそうになってしまう。

『先に食べてるからね』

〝一緒に食べようと言ってきたのはそっちだ。溶けるもんだとわかってるんなら、全員そろってから注文するのが筋〟

たしかにアイスが大半を占めている商品なわけだから、それも一理ある。

『早く来ないと、色葉の分なくなっちゃうよ〜？』

〝連絡がつかない時点で、心配しないのか？　むしろこれ送る時点で、残しておく気はない。絶対〟

たしかに。というか、小さな瓦井くんの言う通りなんだと思う。

いつの間にか、彼と一緒にいる間に彼の思考回路が少しずつわたしの中にも流れるようになったのかもしれない。
それでも、セリフはあくまでも彼の声で再生されるばかりで、わたしの感情として
は上下するようなことはない。
「まあ……こんなもんだよな。わたしの立ち位置は」
少し遠くで笛の音が聞こえ、ぼんやりと窓の外へと目を向けた。
「あ、瓦井くん」
夕焼けの中、トラックを疾走する彼の姿。リレーでもしているのだろうか。ぐんぐ
んと前にいるひとたちとの距離を詰め、あっという間に追い抜いて先頭に走り出る。
瓦井くんは、迷わない。まっすぐ正面だけを見つめ、腕を振って地面を蹴って、前
へ前へと進んでいく。
「眩(まぶ)しいなぁ……」
夕日が教室に差し込んで、それを遮るようにわたしは右手をかざす。それでもやっ
ぱり見ていたくて、目を細めながらも彼の姿を追いかけた。
早く行かなくちゃ。みんなが待ってる。彩華も気にしてしまうだろうし。そう、い
つも通りへらへらしながら『遅くなっちゃってごめん』って、お店に行って――。
ピーッとひときわ高い音がグラウンドに鳴り響く。先頭のままゴールラインを割っ
た瓦井くんの姿が、シルエットになってまぶたの裏にくっきり焼き付く。

机の上に置いたスマホに、わたしはそっと手を伸ばした。

『ごめん、教室で寝ちゃってた。遅くなっちゃったから、今日は行くのやめておくね。美味しそうな写真ありがとう』

頭にきたとか、ちょっとイラッときてしまったとか、そういうことではまったくない。だけどなんとなく、今日はもういいかなって思ったんだ。

それよりは、もうちょっとだけここから彼の姿を見ていたい。それから帰り道に、あったかくて美味しい肉まんを買おう。

前に瓦井くんが買ってくれたのと同じ、あの肉まんを。

月が欠けてく

「松下、これ。この間言ってたやつ」

ある朝、教室で瓦井くんがわたしの席までやってきた。

手に持っているのは『たのしいランニング』と書かれた一冊の本。

「え、本当に持ってきてくれたの？」

「嘘をつく趣味はない」

「言葉のあやだよ瓦井くん。このままじゃ、いつか血管切れちゃうかもしれない……」

「俺をなんだと思ってるんだよ」

「ごめんごめん」

ちょっと気難しくて、感情をそのまま表に出す瓦井くん。

だけどそこには、彼なりの不器用な照れ隠しや優しさが含まれているということを、もうわたしは知っている。

「ちゃんと読んで練習します！」

みんなが怖いと言う彼のしかめつらを前にしても、こんな風におどけられちゃうくらいには。

ほぼ毎朝、公園で顔を合わせているわたしたち。

最近ではほんの少しの距離だけど、瓦井くんと並んで走ることができるようになった。それだけわたしも体力がついてきたということ。というよりは、瓦井くんがわたしにペースを合わせてくれるようになった、というのが一番の理由だ。

本人は絶対に認めてはくれないけれど。

「マラソン大会、今までよりはマシになるんじゃないの」

「瓦井くんを風よけにして走るね」

「当日は俺、いつもの三倍の速度で走るけど」

「それまでに、ついていけるように特訓しなきゃ」

大嫌いだったマラソンがそんなに嫌じゃなくなったのが、自分でも不思議だった。とはいえ、瓦井くんと走る朝と、彼とは別々に走る体育の授業でのマラソンじゃ、感じ方は全然違うのだけれど。それでも、今までよりは苦手意識が薄くなったのも事実だった。

こんな風に学校で会話もするようになったわたしたちだけど、瓦井くんに『お前ら付き合ってんのか？』などと揶揄(やゆ)する声が飛んでくることは一切ない。これは、ここまで積み重ねてきた彼のイメージによるものだ。

そんなことを言おうものなら、瓦井くんのいらぬ恨みを買ってしまいそうだから。

その代わり、わたしへの質問は容赦なく飛んでくる。もちろん、瓦井くんのいないところで。

「ちょっと色葉、どういうこと？　なんで最近、瓦井くんと話してるの？」

放課後、四人で帰っているとサナがそう聞いてくる。

「瓦井くんはただ怖いだけのひと、ってわけじゃないんだよ」

そう答えると、彩華を除くふたりは怪訝そうな顔をする。

「どういうところが？」

「えーっと……」

わたしが瓦井くんについて知っていること。

彼がいつも難しい顔をしているのは、世の中の理不尽を敏感に察知しているからということ。

彼が自分の正義を見せるときは、いつだって誰かを守るためだということ。

だけど本当は、もっと穏やかに過ごしたいのだろうということ。

そしてこれは想像だけど、彼が周りのひとたちと常に距離を置いているのは、一緒にいることで相手を傷つけてしまうのを避けるためなんじゃないかということ。

「たしかに、顔はいいけどね」

「笑うとどんな顔するのか、イメージ湧かない」

サナたちの会話に、瓦井くんの小さなえくぼが脳裏に浮かぶ。

きっとみんなは知らない。

たまに笑うときにできる、そのえくぼのことだって。

わたしの話を、きちんと聞いてくれる優しさも。

照れ隠しで、わざと険しい顔をしてみせることも。

みんなはそれを、知らないんだ。ううん、知らないままでいて。

「……なんだろ、説明するのは難しいかも」

わたしって、こんなに欲張りだったっけ。

きっとわたし、ちゃんと説明することができるんだ。瓦井くんがこんなひとなんだよ、って。こんなに優しくて、こんなにあたたかいひとなんだって。

瓦井くんに対するみんなの誤解を解きたいと、ちゃんと本気で思っている。

だけどそれ以上に、知られたくないと思ってしまった。わたしだけが知っていたい、って。そんなことを思ってしまう。

そんな自分の気持ちに、わたし自身が驚いていた。

「まあとにかくさ、うちらの中では色葉が一番、瓦井くんと話せるでしょ？」

その瞬間、こちらを見つめていた彩華と視線がぱちりと重なる。と、彩華はやんわりとわたしから目を逸らしたのだ。途端にじわりと、嫌な予感が広がっていく。制服に飛んで滲む、ジュースのシミみたいに。

「彩華に協力してあげてよ」

友奈の言葉に、彩華がおずおずと再びわたしの顔を見た。頬をピンク色に染めながら。

「最近気になってるんだって。瓦井くんのこと」

そんな彼女の背中に手を置いた友奈が、「ね、彩華」と呼びかける。

気付けばわたしは、立ち止まってしまっていた。

「え……？」

彩華はそんなわたしに気付くと、顔を真っ赤にしながら、小さな手を懸命に胸の前でパタパタと動かした。

「あの、好きってわけじゃないんだけど！　でもなんか、いつも堂々としていてかっこいいなぁって。わたしも色ちゃんみたいに、瓦井くんと話してみたいなぁって」

瓦井くんのよさを知っているのは、わたしだけだなんて。なんでそんな風に自惚れることができていたのだろう。

彩華はかわいい。クラスでも男女関係なく、みんなから愛されている。そんな彩華から好意を寄せられているとわかれば、いくらあの瓦井くんだって悪い気はしないだろう。もしかしたら彩華と会話をする瓦井くんの姿を通して、クラスのみんなも彼への見方を変えるかもしれない。

「色ちゃん、いいかな……？」

昔から、頼まれごとにはなんでもイエスと答えてきた。さらに今回は、ほかでもない彩華からのお願いだ。

ほかのふたりも、当然だよね？という表情でわたしを見ている。

頭の中で、『松下はなにも悪くない』と言ってくれた瓦井くんが浮かんだ。わたしはそれを振り払うように、にこりと笑顔を彩華に向ける。

「彩華のお願いなら、喜んで」

ほっとしたような彩華の顔を見たときに、ちょっとだけ泣きそうになったのはなんでだったのか。

やっぱりわたしは、自分のことがよくわからないみたいだ。

◇

毎日過ごしている場所なのに、放課後というだけで教室は普段と違う空気を纏うのだから不思議だ。

「どうしよう、心臓がおかしくなりそう」

胸に両手を当てて、すーはーと深呼吸を繰り返す彩華は、少女漫画に出てくる女の子みたいだ。

サナと友奈は予定があると先に帰ったため、今この場にいるのは彩華とわたしのふたりだけだ。

うちの教室は一階にあり、窓からは練習中の陸上部の様子がよく見える。今日も瓦井くんは、オレンジ色の夕陽の中を走っている。

校庭にはほかにもたくさんの部員がいるのに、颯爽と駆けていくその姿は、一瞬で見つけることができる。

「ごめんね、色ちゃん」

静かに彩華がそう言ったとき、わたしは彼から視線を外した。なんとなく、瓦井くんを見つめていてはいけない気がしたから。

「わたしいつも、色ちゃんに頼ってばっかだよね」

「そんなことないよ」

〝しっかり者の松下色葉は、妹気質でかわいらしい松下彩華の姉的存在〟

わたし自身がそれを意識したことはなかったけれど、わたしたちの周りではそんな形ができあがっていたように思う。

彩華になにかあると、みんながわたしのことを呼んだ。彩華が困っていたら、わたしがそれを解決するように努めた。

『色葉は本当、どこにいても〝お姉さん〟って感じだよね』とは、これまで何度も言われてきたことだ。家でも学校でも、わたしの立ち位置はそう変わらない。

「わたしね、色ちゃんが憧れなんだよ。しっかりしてて、優しくって、すごく頼りになって」

これは、彩華が度々口にすることだった。だけど自分では、そう言われてもいまいちしっくりこない。

わたしは憧れられるような人間でもないし、わたしみたいになりたいというのがよくわからないから。

だからこう言われたときには「そんなことないよ」と曖昧(あいまい)に笑うことしかできないのだ。

「誰とも仲良くならなかった瓦井くんも、色ちゃんとは普通に話してる。色ちゃんはすごいよ」

瓦井くんだって、普通の人間だ。わたしたちと同じ、高校二年生。ただちょっと、わたしたちよりも見過ごせないことが多いだけで。理不尽な出来事を、敏感に感じ取ってしまうだけで。

でもそんなことは口にしない。まるで、わたしが瓦井くんをよく知っているように聞こえてしまうのはわかっていたから。

「あ、終わったみたい」

知らず知らずのうち、窓枠の桟を見つめていたわたしは、彩華の声に顔を上げた。

走り終えた部員たちが、水道のある校舎側へと歩いてくるのが見える。

「どうしよう色ちゃん、うまく話せるかな」

そわそわし始めた彩華は、やっぱりかわいらしい。

「大丈夫だよ、普段通りの彩華でいればいいんだから」

手の甲で額の汗をぬぐった瓦井くんが、窓際にいるわたしたちに気が付く。それから、軽く手を上げた。

「おつかれさま、瓦井くん」

水道で顔をばしゃばしゃと洗った彼は、首にかけたタオルで軽くぬぐいながらやってきた。隣にいる彩華の緊張がぴしぴしと伝わってくる。

「放課後残ってるの珍しい」

瓦井くんは、わたしに声をかけてくる。それはもう、わかりやすいほどにわたしだけに。

「彩華がね、陸上部の練習を見てみたいって言ってて」

慌てたわたしは、俯く彩華の背中をぽんと叩く。そこで初めて、瓦井くんはわたしの隣へと視線を移した。

「あの、瓦井くん！　あの、おつかれさまですっ……！」

小さい頃から控えめな彩華の、精一杯のアピール。しかし瓦井くんはそれに対し、

「どうも」と、そっけなく返事をするだけで、わたしは内心ハラハラしていた。

『もうちょっと優しく！』と、彩華の後ろで身振り手振りで伝えようとしてみても、
瓦井くんは怪訝そうな顔をするのみ。

しかし、言葉のキャッチボールが成立したことに満足したらしい彩華は「やった……」と小さく呟いている。とりあえず、今日のところはこれで大丈夫みたいだ。

校庭の方から呼ばれた瓦井くんは、「じゃ」とまた片手を上げた。やっぱり視線は、わたしだけに向けられたままだった。


「瓦井くん、かっこよかったぁ～」

帰り道、彩華は頬を真っ赤に染めていた。

これまで長年、彼女と一緒に過ごしてきたけれど、こんな表情を見るのは初めてのことだ。告白されることはあれど、誰の想いにも応えてこなかった彩華にとって瓦井くんは特別みたいだ。

「これをきっかけに、少しずつ話しかけてみたら？」

「うん、頑張ってみる！　次は連絡先も聞いてみる！」

ぐっと顔を上げた彩華に、わたしは少しだけ後ろめたさを感じてしまう。

わたしは彼の連絡先を知っていて、毎朝のように一緒に走っている。このことは、まだ彩華には言えていない。

瓦井くんに好意を寄せている彩華のことも、朝のランニングに誘うべきなんじゃないか。そんなことを思っていると、右手に握っていたスマホが震えた。

『朝、連れてきたりするなよ』

主語のない短いメッセージは、瓦井くんから送られてきたものだ。それでもなにが言いたいのか、わかってしまう。

彼にとって早朝のランニングは、心を整えるための大事な時間なのだろう。偶然が重なって一緒に走ることになったわたしと、距離を縮めたくて意図的にそこへ向かう彩華とでは、彼にとっての意味合いも大きく変わってくるのかもしれない。

やっぱりわたしは、偽善者なんだろう。それでも、どちらの気持ちも大事にしたかった。

瓦井くんは、自分の大事な時間を崩されたくない。

彩華は、瓦井くんとわたしがふたりでいると知ったら傷つく。

――それならば。

『わかったよ』

そう短く返事をしたわたしは、嬉しそうに今日の一コマを何度も話す彩華に、笑顔で相槌を打ったのだった。


その日を境に、彩華は瓦井くんに頻繁に声をかけるようになった。陸上部の部員経由で、連絡先を入手することにも成功したらしい。

それでも、瓦井くんは相変わらずの態度のまま。無視こそしないものの、まともな会話が成立しているのは見たことがない。

そんな不愛想な彼に声をかけ続ける彩華の勇気は、本当に大したものだと思う。彩華曰く、「瓦井くんは本当は怖くないって、色ちゃんが言ってたから」とのこと。

しかし最近の瓦井くんは、以前に増して難しい顔――というよりは、明らかにイライラしていることが増えたように感じられる。

その理由のひとつは多分――。

「松下、どういうつもり？」

どきりと心臓が大きく揺れる。

「返事も寄越さない。朝も来ない。目も合わせせない。俺は、避けられる心当たりはない」

失敗した。体育の授業への移動中、忘れ物を取りに戻った教室に瓦井くんがいたのだ。

瓦井くんが大事にしている朝の時間を守るため、彩華を傷つけないため。わたしが選んだのは、彼との関わりを一切絶つということだった。

「あ、あのね！　朝、起きれなくなっちゃったの。あと、ちょっとスマホが壊れちゃってて」

適当に言い訳を並べてみる。こんなものが、瓦井くんに通用するなんて思ってはいない。だけどとりあえず、今のこの場を乗り切りたかった。

「納得できない」

──怒ってる。瓦井くんが、怒っている。

なぜだかわたしは、泣きだしたくなっていた。

みんなが楽しく平穏に過ごすための方法を選んだだけだ。それなのに、瓦井くんは怒っている。照れ隠しなんかじゃなく、本当に怒っている。

「遅刻しちゃうよ。わたし行くね」

きゅっと唇を噛んで、教室のドアを開ける。そのとき、目の前に彩華たちが立っているのに気が付いた。

今の話を聞かれただろうか──？

一瞬ひやりとしたものの、ドアが突然開いたことに驚いた様子の彩華は、わたしを見るとふにゃりと顔を崩す。

「色ちゃん遅いから、心配して見に来ちゃった」

ほかのふたりも、特に訝しそうな表情はしていない。よかった。聞かれていなかったみたいだ。

しかし——。

「松下」

「はいっ……！」

わたしの代わりに、自分が呼ばれたと勘違いした彩華が嬉しそうに返事をする。そのとき、瓦井くんは一瞬眉をひそめ、それから苗字のことを思い出したのか小さくため息を吐き出した。

「違う。俺が話したいのは、色葉」

瓦井くんが、わたしの名前を呼んだ。

その瞬間、ガラガラとすべてが音を立てて崩れた気がした。

信頼関係や友情というものは、築くのは大変なのに、壊れるのは一瞬だ。さらに言えば、再構築することはほぼ不可能に近い。年齢が上がれば、上がるほどに。

教室内で繰り広げられる会話は、わたしの耳にもしっかりと入ってくる。

「彩華、本当かわいそう」

「ありえないよね」

「そんなことないよ……、色ちゃんが悪いわけじゃないし……」

「彩華は優しすぎるんだよ」

「こんないい子を泣かせるなんて、信じらんない」

あの日、彩華は俯きながら涙を流した。ぽろぽろと、まるい真珠のような涙をいくつもいくつも足元に落とした。

毎日声をかけ続けている瓦井くんから、『違う』と言われてしまったこと。

彼がわたしのことを『色葉』と下の名前で呼んだこと。

今までみんなから愛され、拒まれたことなどなかった彩華にとって、今回の件は本当に大きなショックだったに違いない。

あれから、彩華とはちゃんと話せていない。話したいとメッセージを入れたものの、心の整理がつかないのか未だ返事はない。

「お弁当、あっちで食べよう」

「でも……」

「いいじゃん、あのひとには瓦井くんがいるでしょ」

「本当、親友の好きなひと狙うとか最悪」

聞こえてくる言葉たちに、わたしは下を向きながら小さく深呼吸をしてやり過ごす。

覚悟していたとはいっても、棘のある言葉たちを受け入れるのはたやすいことではない。

あの日を境に、わたしの周りからはひとが減っていった。それはまるで、満月が欠けていくかのように、少しずつ、だけど確実に。

スクールカーストというのは、決してわかりやすい目に見えるものだけで構成されているわけではない。

彩華は特段目立つタイプではなく、ひとの上に立つような子でも、周りを誘導してなにかをする性格でもない。それでも、かわいらしく守ってあげたくなる彩華を傷つけた人間は、みんなから排除される対象なのだ。

ちなみにこの数日、瓦井くんは陸上部の大会で学校には来ていない。県大会の予選を勝ち抜いているのだと、今朝、矢坂先生が言っていた。

「偽善者に罰が当たったんだ……」

寂しいと感じることすら、彩華の気持ちを考えれば傲慢に他ならない。

教室の隅、ひとりきりでお弁当箱を開ける。今日も敷き詰めた、冷凍食品の数々。

それらを口に放り込みながら、片手でスマホを操る。

画面には、家出中の少女たちの投稿がずらりと表示されていた。

◇

一年間には、春夏秋冬という四つの季節がある。それなのに、どうして冬ばかりがこんなにも長く感じられるのだろうか。

「行くとこないならうちに来る？　楽しいよ〜」

ホスト風の男性の声を無視し、平静を装って足早に通り過ぎる。

繁華街のネオンは今日も相変わらず明るくて、不自然にきらめいている。

ここ数日、わたしは毎晩のように夜の繁華街に繰り出している。特別なことはなにもない。いつもと同じように、ゲームセンターに行ってファストフード店でチョコシェイクを飲んで、ストリートミュージシャンの演奏をバックグラウンドにぼーっとするだけ。

それはもう、夜の街をふらふらと彷徨（さまよ）っているという感覚に近い。

家にも学校にも、わたしの居場所はない。だからといって、こんなところにあるわけでもないのに。

——瓦井くんに、会えるわけでもないのに。

ふと鼻の奥がツンとしたとき、勢いよく走り去る誰かとぶつかった。いつかのように、落ちたトートバッグから荷物が飛び出る。一度ならず二度も、どうしてこんなに同じ失敗をしてしまうんだろう。

「……なにやってんだろ、わたし」

本当に、わたしって情けない。

大事に思っていた彩華を、泣かせてしまった。

わたしを助けてくれた瓦井くんを、本気で怒らせてしまった。

中途半端に関わって、ふたりに嫌な思いをさせて。

家族に心配をかける覚悟もないくせに、家出の真似事ばっかかして。

なにも解決しないのに。

ただただ、逃げているだけなのに。

「本当、馬鹿だなぁ……」

情けなくて涙が滲む。じわりと歪んだ視界の中には、散乱したわたしの荷物。そこに、真っ赤なネイルが映り込んだ。

「もしかして、家出少女？」

恐ろしいほどに美しい女性が、歯ブラシセットをかしゃりと振った。

純喫茶、というものに初めて入った。

敷き詰められた赤い絨毯（じゅうたん）に、ところどころがステンドグラスになった年季の入った窓ガラス。傘のついたオレンジ色のランプと、古き良き時代を思わせる、ベロア生地で作られたソファたち。

カランコロンと、ドアが開くたびにレトロな鈴の音色が響く。

そんな中、わたしは運ばれてきた大きなメロンソーダを前に、目をぱちぱちとさせていた。こちらの商品、なんと一杯千五百円。

「やっぱり、噂の家出少女だったかぁ。一度会ってみたいなって思ってたんだよね」

眉毛の上でまっすぐに切りそろえられた金色の前髪と、顎のラインで切りそろえられた真っ黒な髪の毛。背中が広く開いたおしゃれな黒いニットに、黒のスキニーデニムを着こなすそのひとは、ファッション誌から飛び出してきたようだ。

きゅっと跳ねるように引かれたアイラインと赤紫の口紅に、何度も目を奪われる。

お酒が入っているのか、少しだけ頬を赤くしているこの女性は――。

「むっちゃんに連絡したから、もうすぐ到着すると思うよ」

驚くことに、瓦井くんのお母さんだったのだ。

「うちの子、大丈夫？　いつも怒ってない？」

お母さんは瓦井くんとは正反対で、よくしゃべり、よく笑うひとだった。そしてなによりも、とても若くておしゃれだ。

「いつも難しい顔をしてます……」

素直にそう答えると、お母さんは楽しそうに声をあげて笑った。

思わず店内を見回すも、時間も時間だからか、お客さんはまばらだ。お母さんの笑い声に振り向くひとは誰もいなかった。

「よくあんなに怒れるなぁってね。我が息子ながら、本当不思議よ。怒ったっていいことないのにね」

「わかります。あのパワーはどこから出てくるんだろうって」

「ある程度は受け流すっていうスキルを身につけないといけないよねえ、あの子は。いつか憤死するわ、あれじゃ」

「……そんなことあるんですか？」

ごくりと思わず、喉が音を立てたときだった。

「おい、誰が死ぬって？」

むすりとした瓦井くんが、いつの間にかわたしたちの横に立っていた。

「遅いよ、むっちゃん」

「今日、大会だったんだけど。さすがに寝てた」

「でも家出少女ちゃんのために飛んできたんだもんね」

「色葉」

瓦井くんの口から再び飛び出したわたしの名前。それは不覚にも、ドキリと大きな波動を作る。

お母さんは目を細めながら立ち上がると、財布から五千円札を取り出してテーブルの上へと置いた。

「あとはむっちゃんにバトンタッチ。色葉ちゃん、またね」

そう言って瓦井くんと片手をぱちんと合わせたお母さんは、ウインクを残してお店のドアの向こうへと消えていった。カランコロンと、軽やかな音を響かせて。

「…………」

「…………」

向かい側に腰を下ろした瓦井くん。久しぶりに会う彼は、少し細くなったように見える。

「この寒いのに、メロンソーダって」

「あ、これはお母さんが頼んでくれて……」

「うん、あのひとはいつもメロンソーダ。いつまでも子供扱いする」

そう言いながらも瓦井くんは、水を持ってきてくれたウェイターさんにメロンソーダをひとつ注文した。

「……大会、どうだった？」

瓦井くんと顔を合わせるのは、あれ以来初めてのことだった。連絡を取り合うこともしていなかったし、彼は学校に来ていなかったし。

「予選は通過した。次は県大会本選」

「え、すごい！　おめでとう！　お祝いしなきゃだ！」

興奮し、思わず以前と同じように素直に感情を出してしまう。わたしたちの関係は、すっかり変わってしまっているのに。

「別にいい。本選には、いつも行ってるし」

「あ……、そっか……」

そのことを思い出したわたしは、居心地の悪さをごまかすように座り直した。

そういえば瓦井くんは度々、朝礼で表彰されている。だけど市の大会なのか県の大会なのかまでは記憶していなかった。

「で、そっちは？　平気なわけ？」

運ばれてきたメロンソーダのアイスクリームに、長いスプーンをしゃくりと刺しながら瓦井くんは問う。それに倣うように、わたしも少し溶けたアイスにスプーンを入れた。

「あー、うん、大丈夫。まあ、関係は崩れちゃったけど」

「……それのどこが大丈夫なわけ？」

瓦井くんはわたしの答えに、あからさまに眉を寄せる。

わたしと彩華たちの関係が壊れたことは、明日学校に行けばわかってしまうことだ。ここで隠してもなんの意味もない。

「わたしは大丈夫、ってこと」

スプーンを口に入れれば、ひんやりと冷たい甘さが口内に広がっていく。

寒い時期に食べるアイスは、なんだか世の中に反抗するのと似ている。真夏に辛いラーメンを汗だくになりながらも完食してみたり、寒空の下、半そで半ズボンで過ごしてみたり、そういうのと同じ感覚だ。

外から見れば平気じゃなさそうに見えることにこそ、大丈夫だよと言いたくなるものなのだ。

ひとはそれを、〝強がり〟と呼ぶのかもしれない。だけどわたしのそれは、本当に〝大丈夫〟なのだ。

「彩華を傷つけたことは、本当に後悔してるけど……」

「孤立してるのか」

瓦井くんの言葉には、いつだって迷いがない。まっすぐに突き刺さる。

「──まあ、そういう感じ」

瓦井くんは「やっぱりな」とそっぽを向いて息を吐き出す。くだらない、とでも思っているのかもしれない。

「仕方ないよ」

わたしは小さく笑い、今度はストローでメロンソーダを口に含む。しゅわしゅわとした炭酸は、いつの間にか抜けてしまったみたいだ。時折、小さく溶けた氷が混じった。

「こんな状況になっても、色葉はまだそんなこと言うんだな」

瓦井くんの口からごく自然に発された、わたしの名前。だけどもう、それを訂正する気持ちにもならなかった。

今さら、彼から「松下」と呼ばれたって、彩華たちとの関係が戻るわけではない。

「もとはといえば、わたしがちゃんと彩華に話してなかったのが悪かったんだよ」

「俺には？」

「え？」

「俺が空気読まなかったせいで、こんなことになったんだろ？」

意外すぎる瓦井くんの言葉に、わたしは数度、目を瞬(しばた)かせる。まさか瓦井くんから〝自分のせいで〟という内容が出てくるなんて、思ってもみなかったから。

ほんの少し、考えてみる。

たしかに瓦井くんがもっと彩華に優しく接してくれていたら、状況は少し違っていたのかもしれない。空気を読んで、わたしと距離を取ってくれていれば、こんなことにはなっていなかったのかもしれない。

それでもやっぱり、ほかの三人はもちろん、瓦井くんに対しても怒りなんかは湧いてこない。

「もとの原因はわたしにあるから」

そう力なく笑うと、瓦井くんは口元を小さく歪めた。これは、彼の怒りの感情が上がったときに見せる、小さな癖のようなものだ。

わたしは小さく、息を吐き出す。こんな言葉に、瓦井くんが納得するわけがないとはわかっていたから。

「俺、わかった。色葉が怒れない理由」

瓦井くんはそう静かに言うと、怒りを湛えた瞳でわたしを射抜く。ステンドグラスの緑色が映り込んで、綺麗だなと的外れなことを考えた。

「自分を大事にできていないからだ」

トン、とそれはまっすぐにわたしの心臓を一突きする。弓道の的の中央に、迷いなく飛んだ矢が刺さるように。

「優しいって言われてるみたいだけど、自分に優しくなれない奴が他人に優しくできるわけがない」

自分を大事に――？

自分に優しく――？

それって、どうやるの？

全然わからない。瓦井くんの言葉が、全然頭に入ってこない。

「仕方ない仕方ないって。なんでいつも、最初っから諦めてんの？」

いつかは優しく細められていた彼の目は、今日は針のような鋭さを持ってわたしに向けられている。

「なんで、って……」

期待をするから、失望する。

望みを持つから、絶望する。

だったら最初から、そういう気持ちを持たなければいい。

ぐるぐると脳裏を駆け巡る、お母さんと繭の姿。

いつだってお母さんは、わたしではなく繭だけを見つめている。

『ねぇお母さん、百点取ったんだよ』

『すごいすごい、あとで見るからね。それにしても繭、よく弾けるようになったわねぇ』

『母の日のプレゼント、絵を描いたの』

『あらありがとうね。ほら繭、レッスンに行きましょう』

『お母さん、今度授業参観があるんだけど』

『その日はコンクールの手続きがあるの。その次は、きっと行けると思うわ』

『お姉ちゃんだから、大丈夫でしょ？』

『お姉ちゃんだから、わかってくれるわよね？』

『お姉ちゃんが理解してくれるから、助かるわ』

ぐるぐる回る、お母さんの言葉。

あれ、お母さんに最後に〝色葉〟って呼ばれたのは、いつだったかな。

ぶわりと大きな渦巻に呑み込まれそうな感覚に襲われ、そこで思考を強制停止させる。

「――いいんだよ、わたしはこんなもんで」

気付けば、そんな言葉がこぼれていた。それはもう、無意識と言っていいほど、息するみたいに、自然と。

そこでわたしは、奥歯を強く噛みしめていたことに気が付いた。ばくばくと、心臓が不快な音を立てている。

嫌だな、瓦井くんは。ひとの痛いところを、躊躇なく突いてくる。

「それに、わたしが一番よく知ってるよ。わたしが優しくなんかないってこと」

わたしは優しいんじゃない。ただただ、執着がないのだ。他人に対しても、ものに対しても、自分自身に対しても。

「謙遜とかして美徳のつもり？　自分をそこまで卑下する理由は？」

これまで幾度となく、瓦井くんが感情をまっすぐに表現している場面を見てきた。どんなときでも、彼はどこか冷静で落ち着き払っている雰囲気があった。

それなのに。

なんでそんな、苛立ちを抱えるような顔をするの？

なんでそんな、悔しそうな目をしているの？

「そういうわけじゃないんだよ。わたしは、そういう立ち位置なの。誰にでもあるんだよ、役割みたいなものが」

もう嫌なんだ。こういう空気が、わたしは本当に苦手なんだ。

だから勝手に、顔の筋肉が笑顔を作ってしまう。ごまかすように、へらりと笑うことをやめられない。

別に笑いたいわけでもないのに、顔が勝手にそういう形になってしまうのだ。

「ない」

ぴしゃりと瓦井くんは、わたしの言葉を否定する。

わたしは彼の考えを理解できない。

彼はわたしの考えを理解できない。

それならば、いくら話したって意味がない。お互いに気持ちを乱されて、嫌な気分になって、これまでの関係が壊れちゃうくらいなら、最初っから自分の気持ちを伝えようなんて思わない方がいい。

「……そっか」

そう口にした瞬間、強張っていた体の力ががくんと抜けた感覚がした。

こんな会話は、早く終わりにしてしまいたい。

「もうやめようよ。ほら、アイス溶けちゃうから食べよ」

せっかく久しぶりに会えたのに。それなのにこうやってギスギスしたり、気まずくなったり。そういうのはもう、やめちゃいたい。

せっかくの美味しいメロンソーダだって、アイスはどろりと姿を変えてしまっている。

瓦井くんは少しの間わたしをそのままじっと見つめ、顔を逸らすと息を吐いた。

「そうやって、ずっと逃げてればいい。俺はもう知らない」

ガタンと立ち上がった瓦井くんは、手書きの伝票とお母さんが置いていったお金を持ってわたしへと背を向ける。

その後、カランコロンと寂しげな音が店内に響き渡った。

「メロンソーダ、美味し……」

自分で慰めるようにそう言って、ストローに口をつける。

美味しかったはずのそれは、甘ったるいだけの緑色の液体に変わっていた。

絆が朽ちてく

時間というのは、どんなときでも同じ速さで過ぎていく。

彩華たち、そして瓦井くんと言葉を交わさぬまま、マラソン大会の日がやってきた。

「自分に打ち勝つのがマラソンだ。限界を超えて、全力を尽くすように！」

陸上部顧問の体育教師が、メガホン片手にがなっている。生徒の多くは、なにも聞いてはいないけど。

天気は快晴。気温は低くても、太陽の光があるだけでずいぶんと違う。

乾燥した手の甲がぴりりと痛んで、そっと反対側の手でそこをさすった。

「彩華、今日ばかりはうちらついてってあげられないから」

「大丈夫だよ。マラソンは得意だから頑張る！」

スタート地点。ざわざわとジャージ姿の生徒たちがスタンバイする中、斜め前に彩華たち三人の姿を見つけた。

ちらりと彩華が、こちらの方を振り返る。わたしと目が合うと、気まずそうに視線を泳がせ顔を逸らした。

あれからずっと、彩華とはこんな感じだ。

優しい彩華のことだから、わたしが孤立していることを気にかけてはくれているのだろう。それがとても申し訳なくて、いたたまれなくて、
なんてことなく見えるよう、わたしは普段以上に背筋を伸ばした。

「それにしても、ここで走るなんて……」

去年まで、マラソン大会は学校からバスでちょっと向かった先の、土手がある総合公園で行われていた。ところが改修工事があるとかで、今年は会場が変わったのだ。

その場所は奇しくも、瓦井くんとわたしが早朝に走っていた、あの公園だった。

「瓦井くんについていけるように、わたし頑張るね！」

隣にいる瓦井くんに、笑顔で話しかける彩華。積極的なサナたちに背中を押され、彩華は最近、これまで以上に瓦井くんに声をかけるようになっていた。

「あ、そう」

しかし瓦井くんの態度は一貫して冷たいまま。周りの環境や状況に合わせて、自分の意志を変えたりはしない。それが瓦井くんというひとだ。

そんな態度にサナと友奈は「彩華が声かけてるのにひどい」などと言っていたけれど、彩華本人は「そこがいいんだよ」と頬を染めていた。

『それでは、よーい』

いよいよか、と多くの生徒がため息をつきながらも走り出す姿勢を作る。

——パァン！

青空の下、一斉にみんなが走り出した。

走っていると頭が空っぽになる、とは瓦井くんが言っていた言葉だ。

それはたしかにその通りで、この場所でのランニングをやめたわたしは、反対方面にある駅を中心としたコースを毎朝走っていた。

自分でもよくわからない気持ちを、やり場のない思いを、足の裏を通して地面に叩きつけたかったのかもしれない。

「松下さん速いじゃない！」

ゴールラインを割ると、矢坂先生が番号順のカードを差し出してきた。その数字は、二十八番。

数々の運動部員たちがいる中、この順位はなかなかだと自分でも思う。なんてったって、去年は百五十番だったのだから。

「毎朝のランニング、効果あったんだ……」

はぁっ、という呼吸と共にそのカードを受け取る。それから周りを見回すと、ずいぶん先にゴールしたのであろう瓦井くんの姿があった。

ほんの一瞬、目が合う。だけどそれはすぐに逸らされてしまう。

――やったよ、って言いたかったな。

ずっとずっと憂鬱だったマラソン大会。一年の中で、一番嫌な日だった。

それでも今年、こうやって頑張れたのは、瓦井くんのおかげだったから。

二十八と書かれたカードを、くしゃりと握る。

嬉しいはずだった。ちゃんと走り切れたこと。去年より、ずっと速くゴールできたこと。

だけどそれを一緒に喜んでくれるひとは、誰もいない。

「ひとりなんだな、わたし……」

喜びも、楽しさも、悲しみも、苦しさも。

それを共にできる相手が、わたしにはいない。

頭で理解することと、心で実感することは、時間差でやってくるみたいだ。

マラソン大会の日は、学校に戻らず現地解散することとなっている。

わらわらと帰路につくひとびとの中、しゃがみ込んだままの彩華が目に入った。膝から血を流しているから、転んだのかもしれない。

今までだったらこんなとき、駆け寄って手当をするのはわたしの役目だった。誰かが『彩華が怪我した！』と言いに来るのが常だった。

だけどもう、その日常は消えてしまった。今わたしが声をかけても、ほかのふたりがそれを許さないだろうし、彩華も困るだろう。それでも、そのまま帰る気にはなかなかなれない。

そのとき、彩華の隣にいたサナがわたしに気付いた。

「いい気味って、思ってんじゃないの？」

「え……？」

ひゅっと、喉の奥が細くなるのを感じた。

「去年はだらだら走って遅かったんでしょ？　それなのに、今年は張り切っちゃってさ。彩華に負けたくないとか思ってたんでしょ」

「彩華、誰かにぶつかられて転んだって言ってたよね？　もしかして色葉じゃないの？」

楽しく笑い合っていた日々が、一気に白黒に褪せていく。

人間ってこんな簡単に、誰かを傷つける言葉を言えちゃうんだ。

ついこの間まで、仲良くしていたはずなのに。

喉の奥からせり上がってくるのは、どこまでも深い藍色をした悲しみの感情だった。

ひとのひとの繋がりなんて、こんなにもあっけない。

作ってきた友情なんて、こんなにも脆くて弱い。

長年一緒に過ごしてきた彩華でさえ、ただ俯いているだけで。

「黙ってるってことは、図星ってことでしょ」

周りの生徒たちは、なんだなんだと視線を寄越しながら過ぎ去っていく。

時折「ほら、松下ペアのいざこざだよ」なんて声が聞こえて、この状況は広く知れ渡っているのだということを痛感する。

違う、と言うことは簡単だった。だけどそれを言ったところで、誰がわたしの言葉を信じてくれるだろう。

前に瓦井くんの言っていた『人間は自分の信じたいものを信じる』という言葉が蘇る。

きっとみんな、本当のことを知りたいわけじゃない。

わたしが悪者になれば、それで満足する。

もう、それでいい。わたしって、そういう役回りだし。

『ごめん』という言葉を発そうとしたとき、誰かにぐいっと腕を強く引かれた。傾いたわたしの前に、大きな背中が立ちはだかる。

「いい加減にしろ」

驚きと困惑とで、頭の中が真っ白にはじけ飛ぶ。

周りのみんなや、夕方のオレンジの光や、睨んでくる友人たちや、俯いてなにも言わない彩華の姿や――そういうものが、すべて白い光で飛んだ。

ただ目に映るのは、パーカーを着た瓦井くんの後ろ姿。

「これまで散々色葉に甘え続けてきたくせに、寄ってたかって傷つけて。どこまで根性腐ってんだよ」

彼の背中は、パーカーの黒を通り越して赤く見えた。それは瓦井くんが、全身で真っ赤な怒りを発しているから。これまでに見たことがないほどの、強い憤りを。

彩華たちはあっけに取られたように、ぽかんと口を開けている。しかし感情が追い付いたのか、サナがわなわなと唇を震わせた。

「はあ!?　瓦井くんは関係ないでしょ！　引っ込んでてよ！」

「そう言うならお前らも関係ないだろうが！　当事者でもないくせに、色葉が黙ってるからって調子に乗って好き勝手言いやがって」

「うちらは彩華のためを思って」

「松下」

そこで瓦井くんは、しゃがみ込んだままの彩華へ視線をやった。

「転んだとこ、見てた。石に躓(つまず)いてたよな？」

彩華はびくりと肩を震わせたあと、俯いた頭をさらに深く下げる。それはつまり、肯定を意味しているのだろう。

彩華が嘘をついた？　なんのために？

そうして思い至ったひとつの仮定に、わたしはごくりと生唾を呑み込んだ。

──わたしが悪く言われることを、彩華自身が望んだ？

「ひとの気持ちなんて本人にしかわからないし、松下の本音を知りたいわけじゃない。だけどその嘘で、色葉が責められるのは許せない」

わたしの手首を掴む瓦井くんの手は、熱い。熱くて、熱くて、そして優しい。

今までずっと、自分が我慢すればいいのだと思ってきた。

すべてのことが、スムーズに平和に進むために。

自分は守る側の人間で、守られる側の人間ではないからって。

だけど今、わたしの前には、瓦井くんが立っている。

盾となり、わたしのことを守っている。

「──色葉」

瓦井くんが、わたしの名前を静かに呼ぶ。

そして少しだけ顔をこちらに向けると、迷いなく言葉を発した。

「色葉はなにも、悪くない」

──ああ。瓦井くん。

大きく息を吸い込んで、ぐっと顔を真上に向ける。

オレンジとピンクと紫色の夕焼け空に、薄い雲が優しく伸びる。

――わたしのためにこれほど怒ってくれるひとは、世界中どこを探しても、彼以外きっといない。

じわりと視界が霞んだ瞬間、ぽろりと涙がこぼれ落ちた。

◇

「大体からして、色葉が自分で怒らないのが悪い」

「そうだね」

「なんでもかんでも許容するのがよくない」

「そうだね」

「……なに笑ってんだよ」

「ふふふ」

あのあと、瓦井くんは涙が止まらなくなったわたしの腕を引っ張って、その場から連れ出してくれた。

みんながじろじろとこちらを見ていたけれど、瓦井くんの大きな背中だけを見つめて進めば、なにも怖いことはなかった。

それから、どのくらい歩いていたのだろうか。一周四キロほどある湖の周りをゆっくりと時間をかけて歩くうちに、流れ続けていた涙は止まり、気持ちも少し落ち着いていた。

「とりあえず、座るか」

「うん」

公園の出口とは反対方向へと進んだわたしたちの周りには、もう誰もいなかった。

瓦井くんは早朝によくふたりで休憩していたベンチに腰を下ろすと、むすっとした表情のまま、わたしにも座るように促した。

朝日を反射していた湖には、今日はオレンジの光が映っている。

「瓦井くん、ありがとね」

わたしが口を開けば、瓦井くんは無言のまま湖の向こうを見る。眩しい橙（だいだい）が、彼の横顔を染める。

「瓦井くんがあんなに怒りを爆発させてるの、初めて見た」

「……まあ、俺らしくはなかった」

「でも、わたしは嬉しかったよ」

瓦井くんは足元に転がっていた小さな石を、ちゃぽんと湖に投げ入れる。

「納得いかないとかそういうんじゃなくてさ」

「ただただひたすら、腹が立った。色葉が悪く言われて」

「うん」

「……うん」

いつだったか彼に、わたしが怒れない原因は自分を大事にできていないからだと言われたことを思い出す。

〝怒る〟という感情の根底には、大事なものを守りたいという思いがあるのかもしれない。

瓦井くんは、わたしを守ろうとして怒ってくれた。

「色葉が自分で怒らないのが悪いんだからな」

照れ隠しのようにそう繰り返した瓦井くんに、再び熱くなった目の奥を落ち着かせるように、「うん」ともう一度頷く。

そんなわたしを、怒ったような、困ったような顔で見た彼は、大袈裟なため息をついた。

「今度は色葉が、俺のために怒れよな。今回みたいなことがあったら」

「状況によるかも……。ぶっきらぼうな言い方ばっかりする瓦井くんにも問題があるかもしれないし」

「おい……」

そう言ってわたしが笑うと、むすっとした表情を作っていた彼も、つられるように「ははっ」と笑った。

恋とか愛とか友情とか絆とか。そんな大袈裟なものじゃない。

だけどひとつ、はっきりとわかったことがある。

──わたしを大事に思ってくれているひとが、わたしのために心から怒ってくれるひとが、今、隣にいるということ。

◇

日がとっぷりと落ち、夜が街を包み込む。

瓦井くんと久しぶりにゆっくり話したわたしは、すっかり冷え切ってしまった両手をこすり合わせながら帰路についた。

寒さを感じるのに、心はぽかぽかとあたたかい。我ながら、単純だなと笑ってしまいそうになったときだった。

マンションの前に、見覚えのある人影が浮かび上がったのは。

「……彩華」

エントランスに、私服姿の彩華が立っていた。長時間、わたしのことを待っていたのだろう。いつもは白い彼女の頬や鼻は、赤く染まっている。

「瓦井くんと、一緒にいたの？」

「……うん」

前置きもなく口を開いた彩華に、覚悟を決めて顎を引いた。

「色ちゃん、ずるい」

ぷるぷると小さく震える彩華の姿に、思わず強く奥歯を噛む。

いつもいつも、朗らかに笑っていた彩華。優しくて、かわいくて、小さな頃から何度も甘えるようにわたしの名前を呼んでいた彼女は今、目に涙をいっぱいためながら、負の感情を初めて口にしようとしている。

聞かなきゃいけないと、そう思った。

わたしはずっと、彩華と向き合ってこなかった。

表面の部分だけで仲良くして、そのまま時間を一緒に過ごして。本音なんてひとつも聞いてこなかったし、伝えてもこなかった。

逃げ出したくなる衝動をこらえ、両足に力を入れてまっすぐに立つ。

「色ちゃん、なんでも持ってるくせに……」

勉強もできて、みんなからの信頼もあって、お小遣いもたくさんもらって、ピアニストのかわいい妹がいて、家が裕福で。いつも笑っていて、いつだって楽しそうで。彩華の口から出る言葉は、どれもわたしの知っている自分とは違う人物を表しているように感じた。

本当は、わたしにはなにもない。

自分のことを諦めているわたしには、そのどれもがただの虚像でしかない。

それでも彩華の目には、わたしがすべてを手にしているように映っていたのかもしれない。

「色ちゃんはわたしが欲しいもの、全部持ってるじゃない！ それなのに瓦井くんもなんて、ずるいよ！」

彩華の手を引くのは、自分の役割だと思ってきた。周りからの頼みには、イエスと答える選択肢しかないと思ってきた。

自分はこんなもんだから。自分はこんな立ち位置だから。

そうやって、保険をかけるように自分への優先順位を下げてきた。

だけど今なら少し、変われる気がする。わたしを大事だと思ってくれるひとがいるって、わかったから。

「ごめん……。瓦井くんとのこと、なにも言わなくて。本当にごめんなさい」

ごまかすのではなくて、隠すのではなくて。自分の気持ちを押し殺すんじゃなくって。ちゃんと目を見て話をしなきゃいけないんだ。傷つくのを怖がって、平穏ばかりを願って、へらりと笑うのは終わりにしたい。自分をちゃんと、認めてあげたい。

「わたしね、瓦井くんのことが大事なんだと思う」

それは口にして初めて、そういうことなんだ、と気付けた感覚でもあった。

「瓦井くんもなんてずるいって彩華は言ったけど、違うよ。瓦井くんは、誰のものでもない。彼は多分、誰のものにもならない」

わたしの、とか、彩華の、とか。そういうこととはまったく関係のないところで、瓦井くんは生きている。彼の人生を歩んでいる。

みんなみんな、自分のものにしたいという欲を持っている。

彩華〝の〟世話役の色葉、とか。

瓦井くんは彩華〝の〟好きなひと、とか。

それは、ほかのひとに踏み入る隙を与えないための牽制みたいなものだ。

だけど本当は、誰も他人を縛ることなんかできないのだと思う。誰と仲良くしたっていいし、誰を好きになるのも自由だし、どう振る舞うかは本人が決めていい。

「彩華には、自分の気持ちを大事にしてほしいって本当に思ってる。わたしも、そうするから」

わたしの言葉に、彩華は大きく目を見開いている。唇を震わせながら。

きっと、こんなことを言われるとは思ってもいなかったんだろう。これまでのわたしならば『彩華の気持ちを一番にしよう』って、きっと言っていたから。そうすればもしかしたら、紆余曲折はありつつも、もとの関係に戻れていたかもしれない。

「こんなの、色ちゃんじゃない……」

握られた指先は、寒さと圧迫で赤くなっている。

これが綺麗な物語の中なら、お互いの気持ちを尊重しようねと、新たな友情の形が生まれるのかもしれない。だけど現実は、そんなうまくいくことばかりじゃない。

「わたし、彩華が思うような人間じゃないよ」

なんでも持っているわけじゃないし、すべてが順調なわけじゃない。悩みだと思わないように蓋をしているだけで、本当は多分、不満もいっぱい抱えている。

「これも全部、本当のわたしなんだよ」

これまでの自分が、なにもかも嘘だったとは思わない。だけど、自分の気持ちも大事にしたいわたしだって、ちゃんといたのだ。心の奥底に、鍵をかけて閉じこもっていただけで。

その鍵を開けてくれたのは、瓦井くんだ。

「そんなの、知らないよ……知りたくもない……。色ちゃんの事情なんて、今さら聞いたって困るだけだよ！」

　彩華は一度強くそう叫ぶと、拳を握りしめる。それから自分を落ち着かせるように、不自然な深呼吸を数度繰り返した。

「……もういい、好きにしていいよ。瓦井くんのことも、もうどうでもいい」

　それが彩華の本心なのか、そうじゃないのか。そんなことすら、今のわたしにはわからない。

「こんな色ちゃんなら、いらない」

　どんな言葉も受け入れると覚悟していても、それはかなりの力でわたしの胸を強く殴る。

　一瞬酸素が薄くなったように感じたわたしは、慌てて空を見上げて小さく息を吸って吐く。ずくりずくりと、みぞおちの奥が脈打つのを、手のひらでゆっくり押さえつけるようにしながら。

「二度と話しかけないで」

　涙をいっぱい浮かべた彩華はそう言うと、マンションのエントランスへと消えていく。その姿が見えなくなった瞬間、ふっと体から力が抜ける。いつの間にか、全身がガチガチに緊張していたみたいだ。

「いらない、か……」

ふ、と自嘲気味の笑いが浮かんで、すぐに苦痛にかき消される。

人間関係で悩んだことは、これまでに一度もなかった。周りでいざこざが起きていても、平穏にやり過ごすことができる自分には縁のないことだと思ってきた。

だけどそれは、他人と向き合うことから逃げてきていたから。自分の気持ちと向き合うことを、避けてきたから。

これはきっと、そんな自分への罰だ。

彩華は今頃、部屋に戻って泣いているのだろうか。きつい言葉とは裏腹の、悲痛な表情が脳裏をよぎる。

きちんと向き合う。

自分の気持ちも大事にする。

本音を伝える。

大事にしたいものを、守っていく。

それはきっと正しいことで、だけど誰かを傷つけたり、自分が傷つく可能性も持っている。

「難しい……」

生きていく中で、失いたくなくても、失ってしまうものもある。

手放したくなくても、指の間をすり抜けていってしまうものもある。

どんなに大事に思っていても、二度と取り戻せないものもある。
絡まった糸がほどける日がやってくる保証は、どこにもない。
「ごめんね、彩華……」
それでも、自分で決めたこと。
わたしは、変わりたい。本当の意味で自分を大事にできるように。
ぐっと唇を結び、空を見上げて瞬きを我慢する。
瞳に張った涙の膜が、破けて落ちたりしないように。

歩幅が重なる

連日、寒さが厳しくなっている。それに比例するように、妹の練習も厳しさを増しているように見えるのは、わたしの勘違いではないと思う。

「繭、また同じところでミスしてるでしょう。この間、先生にも言われたばかりよね？」

朝食時も、夕食時も、このところお母さんは繭に同じことばかりを言っている。

「気を付けてはいるんだけどね」

「それに、テンポも駆け足になっているし」

「そうだねえ。癖になっちゃってるのかも」

「それじゃ困るのよ、本番まであと少しなんだから」

はあ、と大きなため息をつくお母さん。まるでお母さん自身がコンクールに出場するみたいだ。

わたしと目が合った繭は、お母さんほど気にはしていないらしく、おどけるように両肩を上げてみせた。

「なんかさぁ、たまに思っちゃう。お母さんが弾けばいいじゃん、って」

食後、繭はそんなことを言いながらリビングのソファで両手を上げて伸びをする。

お母さんは今、寝室で繭のピアノの先生と電話をしている最中だ。

「ミスしたくて間違えてるわけじゃないし、テンポが速くなっちゃうのだって好きでそうしてるわけじゃないし」

唇を尖らせた繭は、「あーあ」と大きな声を出す。お母さんがいる前では、こんな風には言えないから。

「いつ出発するんだっけ？」

繭が出場するのは、パリで行われるピアノの国際コンクールだ。

「来週の金曜日だったかな？　忘れちゃった」

繭のスケジュールは、お母さんがすべて管理している。そのためか、自分のことにもかかわらず、繭はほとんど把握していなかった。

「いいなあパリ。一度でいいから行ってみたい」

エッフェル塔にかわいいお菓子に、おしゃれな石畳の道に立ち並ぶカフェたち。

「シャンゼリゼ通りにセーヌ河。ベレー帽被って歩きたい」

と、わたしが言えば、

「アイス食べながら歩くのいいね！　長いフランスパン抱えながら！」

と、繭が答える。しかしすぐにその表情から笑顔は消え、代わりにため息が吐き出される。

「実際は、一度もやったことないけどね。どうせパリに行ったって、ピアノ弾いておしまいだもん。どこにいても同じだよ。移動がある分しんどい。時差もあるし」

「そっか。そうだよね」

繭の言っていることは、謙遜でもわたしに対する遠慮でもなく、きっと本当のことなんだと思う。それでも、わたしが知らない世界をたくさん知っている繭は、いつだって眩しく映る。

「お母さんじゃなくて、お姉ちゃんが一緒なら絶対楽しいのに」

「そんなこと言わない。お母さん、繭のために頑張ってるんだから」

「それはまあ、わかってるけどさぁ……」

もごもごと言葉を濁す繭の背中を、ぽんぽんと優しく叩く。

繭はちゃんと、わかっている。自分が愛されていることとか、自分のためにお母さんがどれだけ尽くしてくれているかとか、恵まれた環境にいることとか。

本格的にピアノを続けるには、正直かなりお金がかかる。お父さんが単身赴任をしてまで外資系の会社に転職した一番の理由は、繭の才能を無駄にしないためだ。

我が家は、繭を中心に回っている。もちろんわたしだって、繭の成功を願っている。

自分が一番やりたいことと、自分が持っている才能。そのふたつが同じものである確率は、世界でもほんの一握りのひとたちにしか与えられていない。

「わたしが大学生になったら、コンクールについていきたいな」

バイトして旅行資金を貯めて、長い夏休みに行くのもいい。せっかくだから、ゆっくり観光もしてみたい。早朝のパリを走ってみるのも気持ちよさそうだ。

そういえば彩華もパリは憧れって言っていたっけ。一緒に行けたらきっと——。

そんなことを考えて、わたしはきゅっと唇を噛んだ。

もう、彩華と一緒にどこかへ行くことなんてありえないのに。

「お姉ちゃん？　大丈夫？」

「あ、ちょっとぼーっとしちゃった。大丈夫だよ」

すぐに笑顔を作ると、繭はほっとした表情を見せる。

心にあいてしまった大きな穴は、そう簡単に埋まってはくれないみたいだ。

◇

「パリ？」

マラソン大会以来、わたしは瓦井くんとの朝のランニングを再開させた。彩華のこともあり、どうしようか迷ったものの、瓦井くんから『必ず来るように』と言われ、再びこうして公園に足を運ぶようになった。

今日も軽く、一周してきたところだ。

「そう、妹とお母さんのふたりがね。わたしもいつか行ってみたいんだよね」

二日ほど前、お母さんと繭が出国した。コンクールが終わってからも有名な先生の特別レッスンを受けるとかで、一か月は帰ってこないらしい。

こういうことは年に何回かあるから、わたしももう慣れたものだ。

ひとりで過ごすことに寂しさがないわけではない。それでも、繭たちの食事を作ったりしなくていいことや、お母さんに雑用を頼まれたりしない分、とても気楽ではあった。

気分がなんとなく乗らないときに、明るく振る舞う必要もない。

「あ、そうだ。おにぎり食べる？」

自転車のカゴに入れておいたリュックの中から、ラップにくるんだおにぎりを取り出す。

いつも、走ったあとはお腹がすく。それでも三人分の朝ご飯を用意しなければならなかったため、空腹のまま帰路についていた。

「今日はお母さんも妹もいないから。朝ご飯、ここで食べちゃおうかなと思って」

おにぎりの具は梅干しだ。瓦井くんも食べるかもしれないと思って、多めに作ってきた。

「……もらう」

そう言った彼の手に、わたしはおにぎりをふたつのせる。

以前のように話せるようになったわたしたちだけど、瓦井くんの好きな食べ物を聞く機会はこれまでになかった。だけど多分、好き嫌いとかはないと思う。どちらかといえば、偏食するひとに対して『農家さんの気持ちを考えろ』なんて正論を突き付けそうなタイプだし。

「……すっ……」

勝手にそんな解釈をしていたわたしの横で、瓦井くんがびりびりと体を震わせた。

彼の手には、赤い梅干しがぷかりと姿を現したおにぎりがひとつ。

「瓦井くん、もしかして梅干し苦手だった？」

「……す、好き嫌いとかない」

そう言いながらも、小刻みに体を震わせながらおにぎりを完食した瓦井くんに、わたしは思わず笑ってしまう。

瓦井くんにも、苦手なものがあるみたいだ。

「明日は違う具にしてくるよ」

ごくごくとミネラルウォーターで喉を潤した彼は、ひとつ息を吐き出すともう一個のおにぎりのラップをめくった。

「酸っぱいけど……、うまいから」

不意に、むかしむかし、おばあちゃんが言っていたことが蘇る。

『おにぎりを作るときには、愛情も一緒ににぎるの。美味しいおにぎりは、愛がいっぱいこもってるのよ』

ぶわりと顔に、一気に熱が集まってくる。空気は寒くて、吐く息は白くて、指先だってかじかんでいるのに、顔だけが熱くなる。

「うん、うまい」

湖を見つめながらそう言う彼の横顔に、確信する。たしかに今朝、このおにぎりに大事な想いを込めたことを。

美味しいって、食べてくれたこと。こうやって一緒に過ごせること。

たくさん嬉しくて、幸せで。

それなのに、その気持ちは一瞬で散ってしまう。

わたしが幸せを感じるのと同時に、脳裏には涙をいっぱい浮かべた彩華の顔が浮かぶから。

「いや、いい」

「色葉？」

瓦井くんの声で我に返る。それからすぐに、笑顔を作った。

「なんでもない。またおにぎり作るよ」

毎日は変わらずに、時間を刻んでいく。わたしはわたしの毎日を、きちんと進んでいかなきゃいけないのだ。

◇

ひとり分の夕食を作るというのは、三人分を作るのより難しいと思う。

ネットにのっているレシピのほとんどは二人分からだし、野菜や肉を買っても使い切る自信もないし。

昨日は納豆ご飯にして、その前は卵かけご飯だった。お供はインスタントのお味噌汁。今日はコンビニのビビンパ丼を買ってみた。明日はファストフードでもいいかもしれない。

「人間はこうやって堕落していくんだなぁ……」

ソファにごろりと寝転んで、テレビを見ながらポテチをかじる。こんなことこそ、お母さんがいたらできないことだ。

ご飯を作るのは、繭とお母さんも食べると思うから苦ではなかった。だけど自分だけとなると、なんでもいいやと思ってしまう。

それでもこんな生活が一か月近く続くと思うと、ため息が出るのもまた事実で。

「美味しいもの食べたい……あったかい手料理的な……」

ちょうどそのとき、テレビでは四人家族がお鍋を囲むコマーシャルが流れていた。

冬に美味しい料理はいっぱいある。

お鍋にホワイトシチュー、熱々のおでんにホクホクとしたポトフも捨てがたい。だけどどれも、ひとり分を作るのはわたしにとっては至難の業だ。できれば、二日連続で同じメニューというのは避けたいし。

今まではこういうとき、彩華の家に招いてもらうこともあった。だけどもう、これからはそういうこともないだろう。

はあ、とため息が落ちたときにスマホが光る。瓦井くんからのメッセージだ。

『明日の夜、暇?』

ここ最近、わたしは家出をしなくなった。

瓦井くんと朝の約束があると思うと、遅くまで出歩かずに早く寝ようと思うようになったのが理由のひとつ。もうひとつは、自ら危ない場所へ行くのはやめようと考えるようになったからだ。

それは、自分を大事にしたいと思えるようになってきたからかもしれない。わたしが自分を大事にしないということは、瓦井くんの誠意を裏切ることにもなってしまうから。

『特に用事はないよ。夜にも走るの？』

てっきりランニングのお誘いかと思えば、『違う』とすぐに返事が届く。

『放課後、うち来れば』

「えっ⁉」

想像もしていなかった言葉に、口から変な声が出る。ドキドキと心臓が猛ダッシュしているみたいだ。

だってわたしは、彼への想いを認識したばかり。そんな瓦井くんから、自宅へ招かれるだなんて想像もしていなかったから。

『母親がうるさくて。色葉のこと連れてこいって』

連続で届いた文章に、今度は「あ、そういう……」と間抜けなため息が漏れ落ちる。

それと同時に浮かぶのは、以前喫茶店に連れていってくれた瓦井くんのお母さんの姿。あのときは、ゆっくりと話すことができなかった。

『嬉しい。わたしもお母さんにまた会いたいと思ってたんだ』

同じ〝母親〟でも、うちのお母さんとはまったく違うタイプの瓦井くんのお母さん。

彼とお母さんがなんだかんだ言いながらも強い信頼関係で結ばれていることは、この間の短いやりとりだけでも感じられた。

瓦井くんに他意はないとしても、お母さんがわたしを家に呼ぼうと言ってくれたことは純粋に嬉しい。小さい頃の瓦井くんのエピソードも聞けるかもしれないし。

『部活終わるまでどっかで時間潰してて』

瓦井くんのメッセージに、口元が緩んでしまう。

駅前に美味しいプリン屋さんがあるから、彼の部活中にお土産を買っておこう。それから駅で待ち合わせすれば、ちょうどいい。

「えへへ、なんか変な感じ」

部活が終わるのを待って、待ち合わせをして彼の家へ行く。まるでデートみたいで気持ちがふわふわとしそうになった瞬間、脳裏に彩華の顔が浮かんだ。

軽くなっていた心に、あっという間に影が差す。

マラソン大会以来、彩華は瓦井くんにまったく声をかけなくなっていた。彼に言われた言葉や、わたしとの会話が影響しているのだろう。そして彩華の宣言通り、彼女はわたしと目を合わせることすらしなくなった。

ほかのふたりから『偽善者』などとすれ違いざまに言われる頻度が増えたから、彩華からいろいろと聞いたのかもしれない。

このところずっと、感情が上がったり下がったりと、ジェットコースターに乗っているみたいだ。

どんなに嬉しいことがあっても、根底には彩華との確執があって消えてはくれない。気にしても仕方ない、どうにか切り替えようと日々思いながらも、なかなかそれは難しいことでもあった。

「自分で決めたんだから、ちゃんとしなきゃ」

両手で頬をぱちんと叩く。そうして立ち上がったわたしは、食べたままテーブルの上に置きっぱなしにしていたコンビニの容器を片付け始めたのだった。

◇

「わ、綺麗……」

翌日訪れたのは、一目で〝高級マンション〟とわかる建物。

黒を基調とした大理石のエントランスは、ドラマに出てきそうだ。

「こっち」

慣れた足取りでエレベーターに乗り込んだ瓦井くんは、最上階のボタンを押した。

エレベーターが上昇するのと同じペースで、脈拍も上がっていく。

だってまさか、瓦井くんがこんなすごいマンションの最上階に住んでいるなんて、思ってもいなかったから。

気さくで話しやすそうと思っていたお母さんだったけれど、あれはもしかしてわたしの夢だったんじゃないだろうか……。

「色葉ちゃん！　いらっしゃい！」

「こ、こんにちは！」

――夢じゃなかった。

ポーンとエレベーターの扉が開くと、黒のロングワンピースに身を包んだお母さんが立っていた。

今日は髪の毛の上半分をお団子にしていて、やはり恐ろしいほどに美しい。

「おじゃまします……！」

ふかふかのカーペットが敷かれた内廊下は、まるでホテルみたいだ。やたらと緊張してしまうのは、ここが瓦井くんの住む場所だということと、あまりに素敵な空間に圧倒されているからだ。

お母さんに促されるよう、玄関に準備されていたスリッパを履くと「おかえりなさい」と洗面所からスポンジを片手にした年配の女性が現れた。

「いらっしゃいませ。家政婦をしている、沢田といいます」

——家政婦⁉　一般家庭に、家政婦さんがいるの⁉

「あっ、松下色葉といいます！　よろしくお願いします！」

慌てて頭を下げると「むっちゃんの彼女だよ」とお母さんが嬉しそうに言う。

「いやっ、あの、そういうのじゃ！」

「色葉、このひといつも冗談ばっか言ってるから。本気にしなくていい」

慌てるわたしに、冷静な瓦井くん。一方のお母さんは「むっちゃん冷たいなあ」と唇を尖らせている。そんなふたりを、沢田さんはにこにこした表情で見守っていた。

なんだか、いいな。こうやって冗談が言えたり、それを当たり前のようにあしらえたり。こういう親子関係は、すごく憧れる。

「適当に座ってて～。まずは色葉ちゃんが買ってきてくれたプリン、みんなでいただきましょ」

お母さんはそう言って、アイランドキッチンに沢田さんとふたりで立つ。どうやらお茶を淹れてくれるみたいだ。

「沢田さんも一緒にいただこうよ」

「わたしのことは気にしないでください。勤務中ですし」

「堅いこと言わないでよ～。このプリン美味しくて有名なんだよ？　沢田さん、後悔して夜も眠れなくなっちゃうよ？」

「……奥さまには敵わないですね。そしたら、いただきます」

そんな微笑ましいふたりのやりとりを横目に、わたしは持参したお土産の数を思い返していた。

買ってきたプリンの数は、全部で四個。瓦井くんのお父さんの分も、と思って買ってきたのだ。まさか家政婦さんがいるとは思わなかった。リサーチ不足だった。

そんなわたしの心配は、顔に出ていたのかもしれない。

「四個で足りる。うち、家族はふたりだから」

「そっか。足りてよかった」

ほっと胸を撫で下ろすと、瓦井くんは少し意外そうな顔でわたしを見つめた。

なにか、変なことを言ってしまっただろうか。自分の言動を思い返すも、心当たりがなくて戸惑ってしまう。

彼の視線は、わたしの顔を見つめたまま。

「えーっと……瓦井くん？」

「あ、悪い」

パッと目を逸らした瓦井くんは、なにか考えるように視線を上へと向ける。それからふっと息を吐いて、ほんの少し表情を緩めた。

「ひとり親って話をして、よかったたって言われたことはなかったから」

そこでわたしは、自分の失言に気が付いた。普通ならば、ひとり親と聞いて、よかったなんて言ったりはしないのだ。

「あ、あのっ！　そうじゃなくて！　プリンが足りたことに対してのよかったって意味で」

「わかってる」

そこでわたしは息を吞む。

「大丈夫。わかってる」

瓦井くんの瞳が、すごく優しい色をしていたから。

心臓って、こんなに速く動くんだ。走っているときなんかより、ずっとずっと激しく鼓動を打ち続ける。そのうち心臓が壊れちゃうんじゃないか、ってくらい。

プールの中で潜水していて、ついには我慢できなくて水面に顔を出すように、わたしはぷはっと息をする。それからなにか話題がないかと室内を見回し、広いリビングで目に入った本棚を指差した。

「ほ、本がたくさんあるね！」

瓦井くんの隣に座っていることができなくなり、立ち上がってそちらへと小走りに向かう。

まるで海外映画に出てくるライブラリーのように、壁一面に広がる本棚にはたくさんの書物が収められている。小説や写真集、イラストブックに洋書まで。背表紙だけでなく表紙が見えるように飾られているのもまたおしゃれで、この部屋にぴったりだ。

「あ、わたしこの作家さん好きなんだよね。鈴成（すずなり）ミヤコさん」

その中でも一番目立つところに飾られていたのは、わたしが大好きな作家さんの作品たち。最近では、出す本すべてがベストセラーになっている。歴代の作品たちが表紙が見えるように置かれているから、お母さんが大ファンなのかもしれない。

「色葉、小説とか読むんだ」

「うん。言葉選びとか、お話を通して伝わってくる優しさみたいのがすごく好き」

鈴成ミヤコさんの書くお話は、どれもありふれた日常が舞台だ。そんな中で、個性豊かなキャラクターたちがそれぞれの人生を生きている。

「このひとたちは本当に生きていて、今もどこかの街で暮らしているんじゃないか、って。そんな風に思っちゃうんだよね」

「わかるわかる、本当いいよね鈴成ミヤコ」

そこへ、紅茶を手にしたお母さんがやってくる。今日のネイルは、鮮やかなロイヤルブルーだ。大きなパールのピアスが、丸い光を反射させる。

「出たよ、自己肯定感の塊」

後ろで瓦井くんの大きなため息が聞こえた。

……自己肯定感の塊？

お母さんは本棚から鈴成ミヤコの最新刊を取り出すと、表紙を開いてサインペンですらすらとなにかを書く。それからにこりと笑いながらわたしへと差し出した。

「はい、色葉ちゃんにプレゼント」

「え……、いいんですか？」

おずおずと両手でそれを受け取ったわたしは、一瞬その場で固まってしまう。

開かれたページには、わたしの名前と〝鈴成ミヤコ〟と読めるサイン――。

「え、え……？　ええ!?」

「ミヤコさんって呼んでね」

いたずらっぽくウインクをした瓦井くんのお母さんは、人気小説家・鈴成ミヤコだったのだ。

ベストセラー作家、鈴成ミヤコ。その素性は、謎のベールに包まれたまま。女性なのか男性なのか、年齢もなにも明かさないミステリアスな小説家が、こんな近くにいたなんて。

「色葉ちゃん、お肉食べて～！　ポン酢もごまだれもあるよ！」

嬉しそうにわたしの器にお肉をよそうミヤコさん。

瓦井家の今夜の夕飯は、偶然にもわたしが願っていたお鍋だった。

週に二日、瓦井家に来ているという沢田さんは、旦那さんが待っているからと先ほど帰宅していった。

「お鍋、久しぶりです。いただきます！」

広いダイニングテーブルに置かれたカセットコンロ。ぐつぐつと煮立つ土鍋の上で湯気が躍る。さっとお湯にくぐらせたお肉をポン酢につけて食べれば、あっさりとしたうまみと熱が口内に広がっていく。

はふはふと熱を逃していると、瓦井くんがアイスティーが入ったグラスをわたしの前に置いてくれた。

「うちは冬はお鍋ばっかりなの。簡単だからね」

仕事が忙しく、家事全般を沢田さんにお願いしているミヤコさん。しかし、料理だけはできる限り自身で用意しているという。

「料理している間は、頭の中が空っぽになるからね」

そのわりには簡単なものしか作れないけど、と笑うミヤコさんに、やはり瓦井くんのお母さんなのだと実感する。

「うちは、お鍋は滅多にしないです。多分もう、何年もやってないんじゃないかな」

繭とお母さんが家にいても、基本的に一緒に夕食を食べることはない。繭の練習の状況により、時間がまちまちだからだ。

わたしは作ったらすぐに食べるし、お母さんは繭のタイミングに合わせて食べる。そんな我が家のメニューには、全員で一緒に囲むお鍋という選択肢はなかったのだ。

「じゃあさ、来られるときはうちに食べにおいでよ。むっちゃん、なかなかしゃべってくれなくてつまんないし。色葉ちゃんが来てくれたら嬉しいし！」

「え、いいんですか？」

ミヤコさんの嬉しい申し出に、瓦井くんの方をちらりと見る。ぱちりと目が合った彼は「いいんじゃないの」と白菜を口に入れた。

「とりあえず、妹と母親が帰ってくるまではうちで食べてけば？」

彼の言葉に、ミヤコさんと顔を見合わせる。それから同時に「やった！」と声を合わせると、瓦井くんはいつもの呆れた表情を見せたのだった。


「色葉ちゃん、ありがとね」

食後、瓦井くんはミヤコさんからの指令でコンビニにアイスを買いに行っていた。ぶつぶつと文句を言いながらもコートを羽織って出かける彼は、やはりお母さん思いなのだろう。

「むっちゃんが友達を連れてきたのって、初めてなの。あの子、ずっと友達らしい友達もいなかったから」

「いえ、そんな……。わたしの方が、瓦井くんにたくさん救われてます」

学校で存在感はありながらも、周りから距離を置かれている瓦井くん。その理由は、漠然とした彼への恐怖だ。

いつも難しい顔をしていて、なんとなく怖い。

融通が利かなくて、接しづらい。

「本当は優しい子なんだけどねぇ。週末は、飲んだくれたわたしを迎えに来てくれるし」

ふふっと笑うミヤコさんに、ようやく夜の繁華街で遭遇した理由がわかった。彼と偶然会う日は、いつも週末の夜だった。あれは、ミヤコさんを迎えに行っていたのだ。

「本当、優しいですよね……」

人間というのは〝よくわからないもの〟に対して、恐怖を抱きやすい。自分の理解を超えるものには近付かないようにと、防衛本能が働くのかもしれない。

わたしだって、他人の目を恐れない彼に興味があったものの、なんとなく近寄り難いという印象は持っていた。

だけど彼の本質を理解した今、瓦井くんのことを怖いだなんて思わなくなっている。

むしろ、瓦井くんは誰よりも優しいひとだとすら思っている。

「あの子ね、黙っていればいいことも、深入りしない方がいいことも見過ごせないのよね」

「瓦井くんは、いつも誰かのために闘っているように見えます」

わたしの言葉に、ミヤコさんは少し目を見開いて、それから優しく笑う。

「睦のこと、よく見てくれてるんだね」

それからキッチンカウンターに飾られた幼い瓦井くんの写真を見つめる。

「わたしね、十七で睦を産んだの」

十七歳といえば、今のわたしたちと同じ年齢。もしも自分ならば、と考えてみようとしても、うまく想像ができない。

当時、ミヤコさんは周囲の大反対を押し切り瓦井くんを出産した。それ以来、ひとりきりで育ててきたという。

「十代で産んだシングルマザーなんて、世の中は冷ややかな目で見るものでね」

学校でも、誰々が妊娠しちゃったらしいという噂話は耳にしたことがある。たしかにそこにも、心からの心配というよりは、やっちゃったねというような、どこか一歩引いたような色が含まれていた。

ミヤコさんが瓦井くんを産んだのは、もう十七年も前のこと。もしかしたら今よりももっと、冷たい視線を向けられてきたのかもしれない。

「そういった大人たちの声は、幼い睦の耳にも入っていたんだと思う。小学五年生になった頃だったかな。睦が学校でクラスの子と喧嘩してね、学校に呼び出されたの」

　喧嘩のきっかけは、なんてことのない些細なものだった。ただ、当時の担任は瓦井くんの話もろくに聞かず、『若くして結婚もしない母親の子供は、これだから困る』とミヤコさんを責めたそうだ。

「睦の中でなにかがプツリと切れちゃったんだろうね。ほかの先生もいる前で、ベテランのおじさん先生に『ふざけんな！』なんて掴みかかってね」

　そのときのことを思い出したのか、お母さんは面白そうに笑う。だけどそこには、切なさが見え隠れしていた。

「世の中そういうものだから仕方ないんだ、って。わたし睦にそう話したんだよね。どんなに怒ったって、周りは変わったりしないでしょ？　睦が損をするだけ。そしたらあの子、『お母さんは悪くない。おかしいのは世の中だ』って」

　――お母さんは悪くない。

　その言葉を放った幼い瓦井くんの姿が、十七歳となった今の彼とぴたりと重なる。

「ひとつひとつとまともに戦っていたら、体も心ももたなくなる。だから、うまく聞き流して、適当に受け流して。あの頃のわたしは弱くって、そうやって生きてくことしかできなかった。睦の正義感が強くなりすぎてしまったのは、全部わたしのせい」

情けない母親だよね、と言ったミヤコさんに、わたしはゆっくりと首を横に振る。

瓦井くんは今まで、どんな気持ちで世の中の理不尽さと闘ってきたのだろう。

途方もなく大きな相手に、自分の言葉をまっすぐぶつけてきたのだろう。

きっと瓦井くんは、自身に大きな使命を課したのだろう。

世の中の当たり前に呑み込まれないこと。

こんなものだから仕方ないと、諦めないこと。

大事なひとを、自分の手で守ること。

「誰かが声をあげなければ、疑問を口にしなければ、本当におかしなことが当たり前の世界になってしまう。瓦井くんはそれを、わかっているんだと思います」

本当ならば、感情を必要以上に揺さぶられたくないと、瓦井くんはそう言っていた。

これまで彼は、心を削りながら世の中の不条理と向き合ってきたのかもしれない。

「瓦井くんは本当に強くて、愛情深いひとだから」

なんだか、泣きたかった。

今すぐに瓦井くんを、ぎゅうっと強く抱きしめたかった。

わたしになにができるわけではないけれど、ひとりじゃないよと伝えたかった。

「色葉ちゃん。睦を迎えに行ってあげてくれる？　空気読んで、外で時間潰してそうだから」

空気が読めないと言われている瓦井くん。だけど本当はそうじゃない。誰よりも周りに敏感で、あえて空気を読まずに声をあげているのだ。

「ミヤコさん」

立ち上がったわたしは、ミヤコさんの瞳をしっかりと見つめた。

「瓦井くんとミヤコさんは、わたしにとって憧れの親子です」

まだまだ十七歳のわたしなんかが言えることなんて、ひとつもないのかもしれない。

だけど、ミヤコさんの〝せい〟なんかじゃないと伝えたかった。

ミヤコさんが瓦井くんを大事に想っているから、瓦井くんがミヤコさんを大事に想っているから、だからこそ、彼は自分の正義を貫きたいのだ。

瓦井くんの住んでいるマンションから近くのコンビニまでは、歩いて十分ないくらい。一本道なので、迷わずに向かうことができた。

「遅いよ、瓦井くん」

「悩んでたんだよ、アイス」

コンビニの駐車場。ビニール袋を軽く持ち上げた彼は、もう片方の手で操っていたスマホをポケットにすとんと落とした。

「ゆっくり話せた？」

「え……？」

「松下とのこととか。そういうのは女同士の方が話しやすいかと思って。俺じゃうまく話聞いてやれないし」

やっぱりそうだったんだ。瓦井くんは空気を読んで、ミヤコさんとわたしがふたりになる時間を作ってくれていたのだ。

どうやら、わたしが彩華とのことを相談したいのだと思ったらしい。

「松下とは変わらず？」

「うん……。きっと多分、もう話せないと思う」

どちらからともなく、彼の自宅へ向かって歩き出す。

初めて夜の街で会ったとき、一瞬の躊躇もなくわたしを置き去っていった瓦井くん。そんな彼が今では、わたしの歩幅に合わせるよう、ゆっくりとペースを落としてくれている。

「松下は、色葉になりたかったんだと思う」

「わたしに？」

両手を頭の後ろで組んだ瓦井くんが、白い息と共にそんなことを言う。

「俺のことも、別に好きだったわけじゃないと思う。松下はただ、色葉になりたかったんだ」

「ちょっと待って、どういう意味？」

瓦井くんの言っていることが、全然理解できない。どうして彩華が、わたしになりたいだなんてことになるのだろうか。

「松下の持ってるもん、色葉のと同じだった」

瓦井くんは、本当によく周りを見ている。

言われてみればたしかに、スマホケースにしてもペンケースにしても、ポーチにしても制服に羽織るカーディガンにしても、彩華はわたしと同じものを持つことにこだわっていた。

新しいものを買うと必ず『どこの？』と尋ねられ、『おそろいにしてもいい？』と聞かれてきたし、彼女はことあるごとに『色ちゃんはわたしの憧れ』と口にしていた。

それでも、どうして彩華がわたしになりたがるのかがわからない。

わたしからすれば、みんなから愛される彩華の方がよっぽど羨ましいのに。

「隣の芝は青く見える、ってやつじゃないの。みんなそれぞれ、大なり小なりいろんなもん抱えてんのにな」

瓦井くんが歩くたび、カサリとビニールが手元で音を立てる。

――瓦井くんも？

そんな言葉が喉まで出かかって、ごくんと息の塊と共に呑み込んだ。代わりに、わたしは彼のビニール袋に手を伸ばした。

ほんの一瞬触れた、指先と指先。

びくりと体を揺らした彼は、慌てて手を引っ込めた。そこにわたしは、もう一度手を伸ばす。それからしっかりと、ビニール袋の持ち手の半分を握る。

「……なに」

「半分、持つよ」

「こんな軽いもんなのに？」

「どんなものでも、半分くらいは持たせてよ」

本当は、冷えた体を抱きしめたかった。

ひとりで闘わないで、少しは頼ってよって言いたかった。

口には決して出さないけれど、生きづらさを抱えている彼の手を握りたかった。

だけど今のわたしには、そんな勇気はまだ出せないから。

「なに笑ってんだよ」

そうやって照れ隠しで怒るあなたの抱えているものを――。

「なに怒ってるの？」

そうやって照れ隠しでふざけるわたしに――。

少しだけでも持たせてほしい。

半分なんて、贅沢は言わないから。

「わたし、瓦井くんのためだったら怒れる気がする」

「色葉はまず、自分のために怒ることを思い出せ」

「瓦井くんが言ったのに。今度は俺のために怒れ、って」

「あれは言葉のあやだ」

カサリカサリとビニール袋の音が響く。

しんしんと冷える空気の中、触れ合う小指と小指だけが、たしかな熱を放っていた。

想いを数える

生きていると、いいことと悪いことは交互にやってくるような気がする。楽しいことがあれば、がくんと落ち込むことがあって。だけどそれがずっと続くわけでもなく、少しずつ浮上していって——の繰り返しだ。

「だいぶ走れるようになってきたな」

今朝も公園をぐるりと一周走ったあと、わたしたちは湖を前におにぎりを食べていた。

今日の具は、甘口の昆布。瓦井くんが一口目から『うまい』と言ってくれたから、彼は甘党なのかもしれない。

「少しは元気になってきたか？」

瓦井くんの言葉に、わたしは素直に顎を引く。

学校は冬休みに入っていた。

彩華たちと顔を合わせることもなく、家ではお母さんや繭のことを考えずに過ごし、ほとんど毎晩のように瓦井家で夕食を食べる日々は、わたしの気持ちを前向きなものに変えてくれていた。

根本的な問題は、多分なにも解決していない。それでもわたし自身の心の在り方ひとつで、ある程度は穏やかに過ごせるものだと実感していた。

こうやって、朝日が反射する湖を眺めながら、大事なひととおにぎりを食べる。こんな穏やかで幸せな日々が、ずっとずっと続いてほしい。

「関東大会、もうすぐだよね」

「あと二週間切った」

「そっか。ラストスパートだね」

「まあ、いつも通りやるだけ」

そう言いつつも、瓦井くんの表情はなんだか楽しそうだ。

県大会の本選で入賞した瓦井くんは、関東大会への切符を手に入れていた。関東というのは彼がずっと目指していた舞台とのことで、それに向けてモチベーションも上がっているみたいだ。

「わたし、応援に行ってもいい？」

うちの学校は野球部の応援にとても力を入れていて、地区大会には全校生徒で応援に行く。しかし、ほかの運動部の大会にはこれまで一度も行ったことはなかった。

「……別にいいけど。でも野球部のときとは全然違うからな」

野球部の応援では、吹奏楽部やチア部がパフォーマンスを披露する。全校生徒が青い。メガホンを叩いて応援する様は、たしかにすごい迫力で華やかだ。

「そんなのはいいんだよ。わたしは瓦井くんが走るところを見たいんだから」

「あっそ」

そう言いつつも、耳がほんのりと赤くなっている瓦井くん。前は、照れ隠しで怒ったふりをすることもあったのに、最近では本当に穏やかになった。

その変化は明らかで、学校でも笑いこそはしないものの、常に彼を包んでいた〝近寄るなオーラ〟が和らいだ。その影響か、クラスのみんなの彼を見る目もずいぶんと変わったように思う。

もちろん、納得がいかないことには、これまで通り容赦ない言葉を放ってはいるけれど。

「色葉が来るなら、勝たないとな」

「え？」

「俺だって、いいとこ見せたいとか思うよ。普通に」

予想もしなかった言葉に、心臓の奥がきゅっとする。

瓦井くんは、わたしのことをどんな風に思っているんだろう。

一緒に朝走るのは、それが日課になったから？

いつも支えてくれるのは、単に優しいひとだから？

わたしじゃなくても、そんな表情を見せたりするの？

人間って欲張りだ。ただ一緒にいるだけでよかったはずなのに、それが日常になるともっともっと、と欲しくなる。

だけどそう望むこと自体は、悪いことではないのかもしれない。自分を大事に思うからこその、素直な欲求なのだから。

◇

一年の終わりと始まりは、ほぼ同時にやってくる。当たり前のことなのに、なぜかいつも不思議だと思ってしまう。

一学期と二学期の間には夏休みがあるし、二学期と三学期の間には冬休みがある。そして、三学期と次年度の一学期の間には、ちゃんと春休みがあるのに。

一年と次の一年の間にはそんな小さな隙間の一秒さえ存在しないのが、小さい頃からずっと不思議だった。

『大晦日の予定は？』

ある日曜日、瓦井くんからのメッセージにわたしは首を傾げる。

『今のところ、特にないよ。瓦井くんは？』

我が家の年末年始は、毎年これといって特別なことはなにもない。繭は大晦日でもお正月でも必ずピアノの練習をしているし――丸一日というわけではないけれど――、その前後でお雑煮を食べたり、テレビを見たり、初詣に行ったりするくらいだ。

さらに今年、わたしは年越しの瞬間をひとりで迎えることになりそうだった。繭のパリでのレッスンが延びることになり、年明けに帰国すると今朝連絡があったのだ。

そのことはまだ、瓦井くんには話していない。

『初詣行く？　夜中』

「ええっ！」

ガタンと椅子から立ち上がると、そのはずみでコップが倒れた。半分くらい入っていたお水をタオルでぬぐいながら、もう一度スマホの画面を確かめる。

「見間違いじゃないよね……？」

一年に一度しかない特別な瞬間を、瓦井くんと一緒に迎えられる。

『行く！　楽しみにしてるね』

ついさっきまで、小さな寂しささえ感じていたのに。今では飛び跳ねたいくらいに浮き立っているわたしは、本当に単純だ。

いや、瓦井くんがすごいんだ。彼のたった一言が、わたしのネガティブな感情を吹き飛ばしてくれるのだから。

夜に出かける、というのはわたしにとって初めてのことでは決してなかった。これまでだって、家出なんかもしていたし。

だけどこんな風に、わくわくとした気持ちで夜を待ち遠しく思ったことは一度もない。

「この恰好、変じゃないかな」

鏡の前で同じ台詞を、もう何度言っただろう。

いくつもいくつも洋服を取り出しては実際に着てみて、鏡の前で確認する。

リビングのソファには、わたしの服が重なっている。

だって、瓦井くんとの年越しだ。いつもよりちょっと、気合が入ってしまうのは当たり前のことだ。

落ち着かない気持ちを紛らわせるために音楽を流してはいるものの、まったく効果はなさそうだ。

「約束まであと十五分……」

時計を見上げ、もう一度鏡を見る。

何度も着替えて最終的に決めたのは、チェックのスカートにベージュのもこもこしたニットカーディガン。その上にコートを着て、今日のために買った白いマフラーをしていく予定だ。

「頑張ってる感、出すぎ……？」

再び不安になったところに、テーブル上のスマホが通知を知らせる。

『そろそろ出れる？』

瓦井くんからのメッセージに、どきんと心臓が飛び跳ねる。

それからもう一度鏡の中の自分を見て、よし、と鼓舞してみる。

『準備できてるから、いつでも出れるよ』

それはすぐに既読がついて『了解』という二文字が送られてくる。

『迎え行く』

連続で現れた言葉に、わたしはぎゅうっと胸のあたりを握らなければならなかった。

マンションの下に向かうと、黒いコートのポケットに両手を入れた瓦井くんが立っていた。

普段会うときは、制服かジャージばかり。以前、繁華街で会ったときにも彼はジャージを着ていたから、外出用の私服姿を見るのは初めてのこと。なんだかいつもと違う雰囲気に、変に緊張してしまう。

そんなわたしを見て、瓦井くんはちょっとだけ笑った。

「わざわざごめんね。迎えに来てくれるなんて思わなかった」

「夜中にひとりで歩かせるのも、あれだから」

自然に出てきた彼の言葉に、むずむずしながらも嬉しくなってしまう。

夜の十一時ちょっと過ぎ。普段の住宅街はほとんどひとがいない。しかし今日は大晦日。小学生くらいの子を連れた親子や、友達同士、カップルなどが歩いている。

向かうのは、うちから歩いて二十分くらいのところにある地元の神社。このあたりでは結構大きくて、夏には賑やかなお祭りが行われる。

「冬は苦手だけど、冬の夜の匂いは好き」

遠くから車の音や、少し前を歩いているひとたちの笑い声が聞こえてくるにもかかわらず、冬の空気はシンと音を潜めているように感じられる。夏の夜なら誰にも聞き取られない呟きも、冬の夜にはどこまでも響いてしまうような、そんな感じだ。

「あーわかる。冬の匂い、いいよな」

この世には、季節の匂いを感じるひとと感じないひとがいるらしい。その中で、瓦井くんとわたしが同じ感覚でこの空気の中にいることが、すごく特別に感じられる。

めいっぱい空気を鼻から吸い込めば、キンと冷えた空気が体の隅々まで綺麗にしてくれる気がする。

空を見上げれば、星がきらきらと瞬いていた。

ざくざくと歩く足音も、夜空へ吸い込まれていく。

「おみくじ引かなきゃ。屋台ではなに食べようかな」

ドキドキと、わくわくと、そわそわと。

「色葉の家は、蕎麦とか食わない？」

「あー……いつもは食べるけど、今年はひとりだったから」

瓦井くんはそこで「は!?」と声をあげる。

大晦日をひとりで過ごしていることを、わたしは瓦井くんに言っていなかった。

「なんだよ、うちで蕎麦食えばよかったのに」

大晦日という特別な日だって、瓦井くんもミヤコさんもあたたかくわたしを迎え入れてくれただろう。だけどわたしは、その時間を瓦井くんとミヤコさんにはふたりで過ごしてもらいたかった。それに――。

「瓦井くんと会うための準備、ちゃんとしたかったの」

あれでもないこれでもないって服を選んで。髪の毛だって念入りに内側にちゃんと巻いて。新しく買った淡いピンクのリップを引いて。

ドキドキしながら、そわそわしながら、彼と自分が並んでいる姿を想像しながら過ごす時間が、わたしにとってはかけがえのないものだった。

不意を突かれた表情を浮かべた瓦井くんは、それからわかりやすく顔を染めるとそっぽを向いた。

「寂しくなかったんなら、別にいい」

不器用な言葉選びは相変わらずだけど、そこに優しさと照れくささが見え隠れして、それがひどく愛おしく感じる。

「うん、楽しかったよ」

「……あっそ」

神社が近付くにつれ、人通りも多くなる。ぼんやりとした提灯の明かりが見え始めると、それに合わせるように屋台の食べ物の匂いが風に乗って流れてくる。

「すごい、結構たくさんいるね」

年越しを神社でして、そのまま初詣をしようと思うひとは多いらしい。境内に入り切れず、神社の入り口には列ができていた。

もうすぐやってくる新年を前に、みんなどこか浮き立っている。

低い気温も、このあたりだけ三度くらい高くなっているように感じられるのは、あながち勘違いでもないかもしれない。

「はぐれないようにしないとな」

瓦井くんが言ったそばから、前から来た集団と共に、わたしの左半身が後ろへと流されかける。思わず伸ばした右手を、瓦井くんの左手がぱしりと掴む。そのままぐいっと引き寄せられ、どうにかわたしは彼の隣へと戻れた。

「だから言ったのに」

「う……、ごめん」

口ではそう言うものの、内心それどころではなかった。

瓦井くんの手が、わたしの手を握っている。きっと、わたしの顔は真っ赤だったんだと思う。

瓦井くんはわたしを見てからはっとしたような表情になり、つられるように耳を赤くして「行くぞ」と前を向いてしまう。

自然と手の力は緩められ、触れていた部分が離れていく。

温度を失っていくことに寂しさを感じていると、それが指先できゅっと引っかかった。

「で、なにが食いたいって？」

前を向いたままそう言う瓦井くん。彼の左手の指先と、わたしの右手の指先は、かろうじてというくらいだけど、それでもたしかに、繋がったままだった。

夏祭りでの屋台といえば、かき氷にりんご飴、シュワシュワラムネに金魚すくいと、涼を感じるものによく目が行く。だけど真冬の大晦日では、じゃがバターにおでん、もつ煮込みなどに惹かれてしまう。

「ほ、ほくほくしたもの、食べたい！」

　そうしてあたたかいものを買ったわたしたちは、少し脇に逸れた階段に腰を下ろした。自然と離れてしまった指先は、今でもそこだけ熱を持ったままだ。

「今年も終わりだな」

　片手にもつ煮込みを持った瓦井くんは、割り箸を咥え、もう片方の手でパキリとそれを割る。わたしはこぼさないようにおでんを膝の上に置いて、両手で割り箸を割った。

「わたしにとっては、変化の一年だったかも。特に寒くなり始めてからは、一気にいろんなことが変わった感じがする」

　それはつまり、瓦井くんと関わるようになってから。

　最初は純粋な興味だった。それがいつからか憧れとなり、かけがえのない存在になっていった。

　自分を大事にしていない自分自身に気が付いた。誰とも向き合ってこなかった過去に気が付いた。

　本心を隠し、ぬくぬくと平穏に過ごしていた場所を失って、親友も離れていった。

「わたしね……いつもどこか息苦しくて。衝動的に家を飛び出すことをやめられなくて。唯一うまく息できるのが、夜の街だったの」

家にいてもいなくても、どこにも居場所なんてなかった。それでも見つけたくて、それが無理ならば夜に溶けてしまいたくて、当てもなくネオンの中を彷徨っていた。

「でもね、今はちゃんと、息ができる」

そこでわたしは、一度大きく深呼吸する。

ざわめく雑踏に食べ物の匂い、ひんやりとした空気に、それとは対照的なひとびとの熱気。

みんながここで、生きている。

大事なひとと迎える特別な瞬間を、この場所で心待ちにしている。

それがとても愛おしくて、大事に思える。

こんなに優しくて穏やかな気持ち、ずっとずっと忘れていた。

「瓦井くんのおかげだよ」

自然と口をついて出た言葉に、瓦井くんは空を見上げた。空気が澄む冬は、星がよく見える。提灯の明かりがあっても、その向こうでたしかに光を放っている。

「多分それは、俺が言う言葉」

「え？」

瓦井くんはおでんのちくわぶを飲み込むと「屋台のおでんも悪くない」とひとりごちる。それから今度は、列をなしているひとびとへ目をやった。

「俺は、ひとが集まるところが嫌いだった。ひとがいればいるだけ、そこには理不尽なものがたくさんあるから」

彼曰く、普段は初詣も混雑が落ち着いた頃、ミヤコさんに連れられていくくらいだったらしい。

たしかにこれだけの人数が集まると、横暴な態度のひとだとか、なに食わぬ顔でごみをポイ捨てするひとだとか、自分勝手に振る舞うひとたちも少なからず紛れ込む。そういったことを見過ごせない瓦井くんにとっては、こういう場所は避けたいところのはずだった。

「多分、本当はずっと行ってみたかったんだと思う」

例えばひとであふれる大晦日の神社とか、待ち時間が長いながらもみんなが楽しそうにしているテーマパークとか、休日の竹下通り(たけしたどお)とか。

人混みに興味があったわけじゃない。ただ、ほかのみんなが興味を持っている世界を覗いてみたかった。どうしてそんなにひとがそこに集まるのか、それを見てみたいと思っていた。正義感をコントロールできないせいで自分の世界を限定していた瓦井くんは、その一方で外の世界を知りたかったのだ。

「それでも外に出ずにいたのは、結果が目に見えていたからだ。興味だとか好奇心が満たされる前に、納得できないものばかりが目についてそれどころじゃなくなるって」

楽しいことを、楽しみたかった。

みんなと一緒に、笑いたかった。

もっと素直に、いいところだけを見つめたかった。

だけどそれが、なによりも難しかった。

「瓦井くん……」

彼はずっと、ひっそりと孤独を背負ってきていたのだろう。

いつも自分の正義を持っていて、ぶれずにまっすぐ立っている瓦井くん。その強さは本人にとって、手放したいのに張り付いて離れない、鉛のようなものでもあるのかもしれない。

「最近、俺ずいぶん変わったと思う。自分でも」

もちろん納得がいかないことや理不尽なことに直面すれば、これまで通りに怒りは生まれる。だけどその程度が、ずいぶんと和らいだと彼は続ける。

「他人と自分は違う人間、なんていう当たり前のことに、やっと気付けたんだと思う。まあ今も、〝仕方ない〟って言葉は嫌いだけど」

学校で、いつも難しい顔をしていた瓦井くん。

常になにかの理不尽さと対峙していて、ストレートに感情を言葉にしていた瓦井くん。

その表現方法や言葉が、今ではずいぶんと落ち着いたものになっていた。

「自分の意見や価値観を伝えるのは間違いじゃない。だけど、押し付けるのは違う」

そう語る横顔に、わたしは胸を震わせていた。

高校生にもなると、そうそう性格は変わらないとひとは言う。ある程度の人格形成は、小学生までに決まるなんて言われているから。

だけど、十七歳のわたしも瓦井くんも、去年の今頃のわたしたちとは違う思いを抱えてここにいる。

間違って、勘違いして、傷ついて傷つけて、後悔して、迷って、気付いて、見つけて。

人間はいつだって、変化し続けている。変わることができる。

「それに気付けたのは、色葉のおかげ」

優しい瞳が向けられて、わたしは思わず息を止める。透き通った瞳には、目を見開いたわたしが映っている。

周りの空気がざわりとひとつ、大きく動く。

どうやら、年越しへのカウントダウンが始まったみたいだ。近くにいた小学生くらいの男の子が、お父さんのスマホを見ながら嬉しそうに数字を叫ぶ。

「色葉といたら、どんなことも楽しいって。最近気付いた」

カウントダウンが響く中、瓦井くんがわたしを見つめる。

本当は、わたしだって一緒にカウントダウンしたかった。瓦井くんと声をそろえて、数字を数えていきたかった。

だけどそんなこと、できやしない。

だって胸がいっぱいで。湧き上がる想いがあふれそうで。

ねえ瓦井くん。

手を伸ばしながらも遠ざけていたこの場所で、一年の最後であり、最初にもなる瞬間を。あなたはわたしと過ごしたいと思ってくれた。

「あんまこういうの、言い慣れないけど」

瓦井くんが、鼻先を小さくこする。

一緒にいると、知らなかった気持ちがいくつもいくつも生まれていく。

嬉しい、幸せ、もどかしい、切ない、苦しい、優しい、愛おしい。

『――ご、よん、さん、に』

数字が小さくなるにつれ、周りの熱気は上がっていく。

あと一秒。

彼の口元に、小さなえくぼがくっきり浮かぶ。

「色葉に会えてよかった」

ひときわ大きな鐘の音が、キンと冷えた冬の夜空に響き渡った。

空へ駆けてく

　今日は朝から雨が降り続いている。

『あれ、お姉ちゃん今日は走らないの？』

　寝起きのパジャマ姿のままスマホの着信を取ると、テレビ通話をしてきた繭が首を傾げた。

　日本とパリの時差は七時間。

　毎朝五時には起きているわたしのもとへ、寝る前の繭はいつも連絡をしてくるのだ。

「うん、今日は雨がすごいからね」

　スマホを片手にテレビのスイッチを入れる。ちょうどお天気キャスターさんが、吹き飛びそうな傘を両手で握りしめながら解説しているところだった。

　こんなときくらい、室内からのリポートにしてあげてもよさそうなのに。

　強風、豪雨、雷警報。季節外れの台風のような荒れた天気に、深くため息をつく。

　こんな日は、学校に行くのも一苦労だ。

　年越しから一週間が経った今日、三学期がスタートする。

『一緒に走れなくって残念だね。なんだっけ、かぶらきくん？』

「瓦井くん、ね。これから学校で会うから残念とかじゃないし」

こちらの年越しの瞬間に、テレビ通話をしたがっていた藺。わたしがそれを断ると、藺はその理由を根掘り葉掘り聞きたがった。『教えてくれなかったらその時間に電話しまくるからね！』と言われ仕方なく瓦井くんの話をしたのだが、以来ずっとこんな感じだ。

「藺こそどうなの、好きな子とは」

『今日も連絡くれたよ。早く日本帰りたい！』

それでもこうして、姉妹で恋の話ができるというのは楽しくもある。これまで一度も、わたしたち――正確にはわたし――がこんな会話をすることはなかったから。

年越しを一緒にしてから、瓦井くんとは顔を合わせていなかった。元日から、彼はミヤコさんの実家に帰省していたから。

それでもほぼ毎日のように、メッセージや通話でやりとりはしていた。

わたしたちの関係に、なにか大きな変化があったわけじゃない。それでもやっぱり、これまでとは少し違う。

『早く告白しないと、別の子に取られちゃうかもよ？　恋愛はタイミングが大事なんだから』

「もう、その話はいいから！」

わかっている。もう一歩、必要なことくらいは。だけど彼は今、陸上の関東大会を目前に控えている。帰省先でも、ずいぶんと走り込んでいたみたいだし、その邪魔をしたくない。

――なんて言いながら、本当は踏み出す勇気がないのも事実。

大丈夫。ちゃんと時が来たら、気持ちを素直に伝えよう。今すぐじゃなくても、タイミングを見て。

だけどそのときのわたしは、なにもわかっていなかったのだ。

物事にはタイミングがある。ほんの一瞬で、離れてしまうものもある。

そして忘れていたのだと思う。

よいことと悪いことは、交互にやってくるということを。

『しばらく朝のランニング、なしで』

瓦井くんからメッセージが届いたのは、その夜のことだった。

今日、瓦井くんは学校へ来なかった。

最後に連絡があったのは、昨日の午前中。新幹線でこちらに着いたというメッセージが来ていた。今朝、天気を見て『今日はランニング無理そうだね』と送ったのもわたしだ。

瓦井くんが欠席だと知り、『大丈夫？』とメッセージも送っていたのだが、既読にもならなかった。

それがここに来て、突然のこの内容だ。

ぐわんと頭を、硬いもので殴られたように一瞬めまいがした。次いでどくどくと、心臓が忙しなく騒ぐ。

『なにかあった？　大丈夫？』

風邪ならば、まだいい。いや、よくはないけれど。でも、怪我よりはずっとマシだ。

そんな思いを込めて、返信をする。送信と同時に既読がつき、わたしは小さく胸を撫で下ろした。

大丈夫、ちゃんと繋がっている。

『練習に集中したいだけ』

しかしその安堵は、一瞬で大きな不安へと姿を変えた。

その文字の向こうに、なにかに苛立っている瓦井くんが見えた気がしたから。そこに、わたしへの拒絶の色を感じたから。

ひとに拒まれるということは、何度経験しても慣れるものではないのだと思う。特に、特別に想っている相手からのものは相当な鋭利さを持っている。

「いや、考えすぎだよ、わたし……」

ずきずきと、こめかみあたりまで痛くなってくる。

悩みごとのほとんどは杞憂だって、なにかで読んだじゃないか。大丈夫、文字だけでしばらく顔を見ていないから不安になるだけ。

朝の時間は、わたしにとっては本当に大切なものだ。だけど瓦井くんにとって、遅いわたしに合わせて走るのは準備運動にもならなかっただろう。

次の大会では、絶対に結果を残したいと言っていた瓦井くん。そんな彼の意志を、尊重しないわけにはいかない。

「わたしのことは気にせず、自分のペースで走ってくれてもいいのにな」

走る前に、顔を合わせるだけでいい。並んでいなくたって、その姿があっという間に見えなくなったって、同じ時間に同じ場所で、同じように走れたらわたしはそれで満足なのに。

——それとも、わたしは練習の邪魔なのかな。

「いやでも！　大会の応援に行ってもいいって言ってくれたし！」

ぶんぶんと、マイナス思考を振り払う。

『わかった、練習頑張ってね！　大会が終わったら、また一緒に走るの楽しみにしてる』

いつもならば、メッセージのやりとりが曖昧に終わることはない。例えばわたしが

『そろそろ寝るね、おやすみ』と送ったり、瓦井くんが『練習だから、また』と送ったり、とにかく、これで終わりという合図があった。だけど今日は、待てども待てども彼からの返信はない。

「もう寝ちゃったのかなぁ……」

時計を見れば、時間は十時三十分。普段ならば、日付が変わるくらいまでは起きているはずなのに。

考えたって、仕方ない。どれだけ想像を巡らせてみたって、相手の気持ちを考えてみたって、結局本当のところはわからない。

それなのに、ぐるぐると考え続けてしまう。頭の中は、よくも悪くも瓦井くんでいっぱいで、何度も真っ暗な画面のままのスマホを確かめてそわそわして。

瓦井くんに、何事もなければいい。

瓦井くんが、わたしのことを嫌いになっていませんように。

眠れないまま、夜は更けていった。

日課となったものは、自分で思うよりも体に染みついているものだ。ほとんど眠れなかったにもかかわらず、翌朝、いつもと同じ時間に目が覚めた。

ほぼ無意識でスポーツウェアに着替えたところで、ランニングはしばらくないいんだったと気が付く。

「でも、着替えちゃったしなぁ……」

朝のランニングは瓦井くんにとってだけではなく、わたしにとってもルーティンになっている。

一緒に走るのがナシ、となっただけで、わたしが個人的に走るのは自由だ。

「でも、行ったらしつこいかな。うざったいかな」

きっと瓦井くんは、あの場所で今日も走るはずだ。今までよりもぐんとスピードを上げて、長い距離を走り込む。

瓦井くんは、器用なタイプではない。言葉も足らないことが多いし、それゆえ誤解されることも多かった。

もしかしたら今回のことも、瓦井くんなりのわたしへの誠意だったのかもしれない。

「別に、瓦井くんに会いに行くわけじゃないし。ひとりで走るのはわたしの自由だよね……？」

そう、わたしはわたしのルーティンを守るだけだ。朝早く起きて、公園へ向かって、自分のペースで走る。それを突然やめたら、体によくない感じもするし。

瓦井くんを見かけても、絶対に練習の邪魔なんてしない。ただもし一日会えたら、それはそれで嬉しいけれど。

そんな言い訳で自分を納得させたわたしは玄関の扉を開け、公園へと自転車を走らせた。

◇

「瓦井くんおはよう」

登校してきた彼が席に着いたのを確認し、駆け寄って声をかけた。

待てども待てども、瓦井くんが公園に現れることはなかった。もしかしたら学校の朝練かも、と思ったけれど、陸上部の中にも瓦井くんの姿はなかった。

だから、教室で会ったらすぐに声をかけようと思っていた。自分の中に生まれそうな不安を、杞憂だったと笑い飛ばしてしまいたかった。

「……おはよ」

無視されたわけじゃない。きちんと返事をしてくれた。

だけど、瓦井くんは一度もわたしと目を合わせなかった。そのままふいっと顔を逸らすと、リュックを置いて廊下へと行ってしまう。

──避けられた？

じくりと、気持ちの悪い汗がこめかみに浮かぶ。

おかしい。なにかがおかしい。

わたしたちの距離はもっと近かったはずだ。

わたしが大会に行くことを、彼は照れつつも喜んでくれていたように思う。

ふたりで年越しの瞬間も迎えた。あのとき彼は、わたしに会えてよかったと言葉にしてくれていたのに。

どくどくと、みぞおち全体が脈を打つ。

考えろ考えろ考えろ。なにをした？　なにか言った？　瓦井くんを怒らせるようなことを、なにかした？

ぐるぐると過去のやりとりを思い出してみる。それでも、これだという原因が思い当たらない。

ホームルームを始めるチャイムが鳴り響き、瓦井くんが自分の席へと戻ってくる。

どれだけ彼を見つめてみても、瓦井くんは一度もわたしのことを見なかった。

その夜、わたしは部屋でずっと眉を寄せていた。

『大会の日、何時に行けばいいかな？』

そんなメッセージを彼に送ったのが午後六時過ぎ。十時になった今でも、返事はこない。それどころか、既読にすらなっていなかった。

『お姉ちゃん、なんかあったでしょ』

スピーカーから聞こえる繭の声に、はっと我に返る。画面には、怪訝そうな表情の妹。

パリは現在、午後三時。レッスンの合間の時間で連絡をしてきた繭と会話をしていたのだが、気付けば瓦井くんのことばかり考えてしまっていた。

『――大会前で、神経を尖らせてるとか？』

昔から、繭はひとの話を聞き出すのがうまい。質問力が高いとも言うのかもしれない。姉に対してもそれは例外でなく、気付けばわたしは昨日からの出来事を繭に話してしまっていた。

はあ、とため息をついたはずみで、机の上から一枚の紙がひらりと落ちる。今日配布された校内新聞だ。

『なあにそれ？』

繭の質問に、わたしはそれをスマホに向ける。一面には、『祝！　関東大会出場！』という大きな見出しが躍っている。

うちの高校は特別な進学校でもなければ、特別なスポーツ校でもない。そんな中で関東大会に出場する生徒が出たのは、我が校始まって以来の快挙だった。

二学期の終業式では校長先生が、『関東でも結果を期待している』と瓦井くんの名前をあげて激励していたし、こうして校内新聞でも一面に取り上げられるほど。

『プレッシャーに潰されそうで、いっぱいいっぱいとか?』

眉をひそめる妹に、わたしは小さく首を捻る。

「そういう感じじゃないと思うんだよね」

冬休み、わたしは彼に聞いたのだ。みんなからの期待が重くない?と。あのとき瓦井くんはいつもと同じ調子でこう言っていた。

『別に。いつも通り、好きなように走るだけ』って。

そう話すと、繭は腕を組み直して探偵のように唸った。

『やっぱり、集中したいんじゃない?　わたしも大事なコンクール前はちょっとナーバスになることあるし』

実際のところ、その時期の繭は〝ちょっとナーバス〟どころではない。声をかけるにもタイミングを見計らわないと大変なことになるくらい、いろいろなことに対して過敏になる。

関東大会というのは、本当に大きな舞台だ。練習に集中したいと本人も言っていたし、それ以外に深い意味はないのかもしれない。

「そうだよね、わたしの考えすぎ――」

『だからって学校でまで避けるのはおかしいけどね』

安心させたいのか、それとも不安を煽りたいのか。そんな妹の発言に、わたしは大きく落胆のため息をつく。

そう、わたしだって同じように思っている。

「なんかしちゃったのかなぁ……」

『だけど、心当たりはないんでしょ？』

「ないけど……」

普通だった。彼がこちらに帰ってきたと連絡が来たあの日までは。

うーん、と言いながら腕を組みかえた繭は、それからころんとベッドの上に寝転がった。画面の中の背景が、壁の白からブランケットの朱色へと変わる。

『なんとも思ってないひとと、年越ししたりしないよね。お姉ちゃんは特別だと思うんだけどなぁ』

年が明けた瞬間に彼がくれたあの言葉を、わたしだって信じたい。彼の気持ちが本物だって、わたしだって思いたい。

だけど、現実がそれを肯定させてくれないのだ。

◇

結局、瓦井くんへのメッセージに既読の文字がつくことはなかった。

「瓦井、なんなの？」

帰りのホームルームが終わり、ひともまばらとなった教室内。そんな会話がわたしの耳に飛び込んできた。

瓦井くんから返事が来なくなってから数日。あれ以来、彼は徹底的にわたしを避けるようになった。

教室で話しかけようと試みても、休み時間になるとふらりと姿を消してしまう。朝の公園にはもちろん一度も姿を現していないし、電話をかけてもメッセージを送っても、一切反応はなし。

そしてずいぶんと柔らかくなっていた彼の雰囲気は、再びピリピリとしたものに戻ってしまっていた。いや、もしかしたら険悪さは度を増しているかもしれない。常に〝話しかけるな〟という空気が出ていて、彼はいつもひとりきりでなにかを睨むように、窓の外を見ていた。

「大会前なのに、なんで練習来ないわけ？」

瓦井くんに詰め寄っているのは、同じ陸上部の市川くん。以前、瓦井くんは彼のために、顧問の先生に〝おかしいことはおかしい〟とぶつけていたのだ。

荷物をリュックに詰めていたわたしの手は、彼の言葉でぴたりと止まる。

——瓦井くんが、練習に出ていない？

「お前なに考えてんの？　練習なんかしなくても余裕ってこと？」

「くだらねえな」

　ぼそりと、瓦井くんが吐き捨てる。

　その声はこれまでに聞いたことがないほどに低く、それでいて冷たくて。ぞわりと背筋が一瞬凍る。

　瓦井くんはたしかにいつも、様々なものに疑問や憤りを感じていた。だけど、こんな乱暴で投げやりな言葉を吐くようなひとではない。

　——はずなのに。

「俺も市川と同じなだけ。陸上なんて本気でやってるわけじゃないし、大会なんてどうでもいい」

　自嘲気味に笑った彼を見た瞬間、わたしの喉元をどぷりと空気の塊が通過した。それは冷たくて硬くてギザギザとした、鉄の塊に思えた。

「……嘘」

　気付けばわたしは、立ち上がっていた。窓際にいる瓦井くんに向かって、言葉を放っていた。

「そんなの嘘だよ、瓦井くん」

ここ最近の瓦井くんのことは、正直わからないことばかりだ。

どうしてわたしを避けるの？

どうして目も合わせてくれないの？

どうしてそんなに棘を纏っているの？

どうして練習に出ていないの？

本当に、わからないことだらけ。それでも、これだけはわかる。

口にしたことはなくたって、ちゃんとした言葉で聞いたことがなくたって、わたしにはわかる。

「瓦井くんが走るのを好きなの、知ってるよ」

久しぶりに、彼の視線がわたしを捉える。

それは弓矢のような鋭さを持っていて、だけど不安定な揺らぎをはらんでいるようにも見えて――。やがて、強い拒絶の色を持ってわたしを射抜いた。

「俺のなにを知ってんの？」

心を、強く抉（えぐ）られた気がした。ぽたりとそこから、血が滴（したた）る音がする。

唇を噛んだわたしは、リュックを背負って教室を飛び出した。

その日のわたしは、今までにないくらいに泣いた。校門を出て、歩いているうちに涙が出てきた。苦しくて、悲しくて、勘違いしていた自分が恥ずかしくて、つらくって。

あふれる涙もぬぐわずに、周りの目も憚らずに、ひたすら泣きじゃくりながら家に帰った。

繭たちがパリに行っているときで、本当によかった。だってもしも家族が家にいたら、わたしは無理をしてでも笑顔を作っていつも通りに振る舞って、自分の首を絞めていたと思うから。

ご飯も食べず、なにも飲まず、ただただひたすら泣いて泣いて、泣き続けて。気付けば、眠ってしまっていた。

そして、夢を見た。ふたりでいつもの公園で、楽しく過ごしている夢だ。

瓦井くんは柔らかな表情を浮かべていて、わたしはその隣で嬉しそうに笑っている。

湖がきらきらと輝いて、優しい風が気持ちよく抜けていく。

だけどそのとき、わたしたちの足元がぽろぽろと崩れ始めた。

慌てるわたしに「こんなもんだよ」と、瓦井くんが静かに告げる。

「ひととひとの関係なんて、こんなもんなんだよ」

脆くて、簡単に崩れていく、彼とわたしの世界線。

「だから、諦めて俺から離れてよ」

いつの間にか現れた、ふたりの間の大きな溝。

わたしは彼に手を伸ばす。大きく大きく手を伸ばす。

瓦井くんはその手を、決して取ったりはしなかった。そして最後に、ちょっとだけ笑ったんだ。

「諦めるのは、得意だろ?」

——って。

◇

心に穴があいた状態でも、人間というのはとりあえず生きることができるみたいだ。

どれだけ苦しくなっても切なくなっても、戻ってほしいと願っても、時間は時計回りにしか動いてくれない。

学校は休みにはなってくれないし、時間が止まってくれるわけでもない。

「快晴だなあ……」

もう来ないと決めたのに、どうして足はここへ向かってしまうのだろう。

水辺の段差に腰を下ろし、湖を眺めながらわたしは目を細めた。

瓦井くんといつも一緒にいたこの公園。もう彼がここに来ることは、きっとない。

そんなことはわかっているのに、時間を持て余すとついここに来てしまうわたしは、まだまだ彼とのことを整理しきれずにいるのだろう。

今日は、関東大会当日。空は青く晴れ渡り、風もほとんどない。絶好の陸上日和だ。

「瓦井くん、もう会場着いたのかな……」

空を見上げ、ぽつりと呟く。

あれから瓦井くんは、それまで以上の鋭さを持って学校生活を過ごすようになった。常にイライラし、声をかけようものならば噛みついてくるような、不穏なオーラを纏っていた。

あの放課後以来、市川くんも彼に声をかけるのはやめたようだ。瓦井くんはいつも、ひとりだった。そしてクラスメイトたちもそんな彼とは関わってしまわぬよう、互いに目配せしながら過ごしていた。

なぜ彼が、練習に参加していなかったのか。あのあと、参加するようになったのか。

今のわたしには、そのどちらも知る術はなかった。いや、知ったところでできることなんかなにもない。

瓦井くんは、わたしのことを遠ざけた。近くにいることを、望まなかった。

彼のためにできるのは、夢の中で言われた通り、〝諦める〟ことくらい。だけどせめて、こうやって遠い場所から願うくらいは許してほしい。

どうか瓦井くんが、思いきり走れますように。

いろいろなしがらみから解放されて、駆け抜けることができますように。

祈るように、両手を胸の前でぎゅっと組んだときだった。

「やっぱりね、色葉ちゃんだ」

ざぷりと水面が上下する。

振り向いた先にいたのは、ダウンコートを羽織ったミヤコさんだった。


ごつくて大きな四駆車が、瓦井家の愛車。サングラスをかけた華奢なミヤコさんがそれを運転する様は、とてもかっこよく映った。

「ミヤコさん……、どうしてあの公園に？」

久しぶりにミヤコさんと再会したわたしは、あれよあれよという間に、気付けば車の助手席に座らされていた。なお、行先は聞かされていない。

それでもこうして大人しく乗っているのは、相手がミヤコさんだからだ。こんな状況になってもまだ、瓦井くんとの繋がりに望みを捨てきれずにいる。

「次の小説の舞台にしようかなぁと思ってね。いいとこだね、あそこ」

ミヤコさんと会うのは、久しぶりだった。一時期は毎晩のように夕飯をごちそうになっていたけれど、彼がわたしを遠ざけたことから、顔を合わせる機会がなくなってしまっていたのだ。

「瓦井くん……、元気ですか？」

ちらりとバックミラーを見上げるミヤコさん。後ろに車がいないのを確認すると、右車線へとウインカーを出す。それからグッと、アクセルを踏んだ。

「色葉ちゃんは元気じゃなさそうね」

「……元気、じゃないです」

ミヤコさんの前では、強がる意味などないように感じた。きっと多分、ミヤコさんはわかっているのだと思う。

瓦井くんとわたしが、今ではずいぶん遠いところにいるということを。

「思うように走れないのよ、あの子」

「え……？」

「膝がね、だめなの。いろいろと蓄積していたみたい」

それは、初めて聞く真実だった。

ミヤコさんによると、膝の違和感はずいぶんと長い間、本人も感じてはいたらしい。それでも休めば解消されるからと、あまり気にせずに放置してきた。

ところが年明けから、ほんの少しのランニングでも痛みが生じるようになってきた。念のためと向かった病院で、その事実を告げられたというのだ。

「今日のために必死にリハビリして、テーピングをすれば出てもいいってことにはなったんだけど。ベストの状態には程遠い」

「そんな……これまでずっと、すごく頑張ってきたのに……」

思ってもみなかった現実に、わたしの手は震えてしまう。ミヤコさんはそれをちらりと見ると、後部座席に置いてあったブランケットをわたしの膝上へと広げてくれた。

「あの子、走ることで気持ちをコントロールしてるところがあったでしょ。それがうまくできなくなって、いろいろな感情を抑えられなくなったんだろうね」

ひとつずつ、パズルのピースがはまっていく。

新学期初日に学校を休んだのは、病院に行っていたから。

早朝ランニングなしで、と言ったのは、リハビリに集中するため。

常に苛立っていたのは、思うように走れず、心のバランスの取り方がわからなくなったから。

瓦井くんはそんな葛藤と、ずっと闘っていたのだ。

それなのに、わたしは〝なにかしてしまったか〟とか〝嫌われたんだろうか〟とか、いつも自分のことばかりだった。自分の不安を消したいがために、何度も彼に連絡をした。挙句の果てには、わかったようなことを彼に向かって言ってしまったのだ。

そのことが恥ずかしくて、悔しくて、鼻の奥がツンとして。慌てて鼻をすすって耐える。

「関東大会は、長年の夢だったからね。かっこいいところは見せられないかもしれないけど、見てやってよ」

赤信号で車が止まる。カッチカッチとウインカーの音が車内で響く。

ミヤコさんが向かう先は、大会の会場なのだろうとは想像がついていた。だけどこんな話を聞いたあとでは、その申し出を素直に受けることはできない。

──だって。

「瓦井くんは、わたしが行ったら嫌がると思います……」

彼が練習に出なかった理由、イライラしていた理由はわかった。だけど、彼がわたしを遠ざけたのは、自分勝手なわたしに嫌気が差したからだ。

涙がこぼれ落ちないように、ぐっと奥歯を噛みしめてこらえる。

彼の心の中へ、土足でずかずかと上がり込んだ。なんでもわかっているような顔をして、彼の気持ちを踏みにじった。

瓦井くんは、走ることが好きだ。走ることに救われてきた。

──それなのに、走れない。

「わたしは小説家だから、ひとの気持ちを想像するのが癖でね。そういう観点から見るとね──」

ミヤコさんはそう言って、少しだけ思案するような間をあけたあと、口元をふわりと緩ませた。

「睦は、怖かったんじゃないかと思うの。自分が大事なひとを傷つけてしまうことが、怖かった」

ミヤコさんの言っていることは、理解はできた。だけどそれが、わたし自身に関わりのあることだとは思えない。

「睦の机の前に、一枚の写真が貼ってあるの」

瓦井くんの家を訪れたときも、彼の部屋には一度も入ったことはなかった。彼が嫌がって、入るのを許してくれなかったから。

「なんてことのない、公園の写真。湖があって、緑があって、ベンチがあってね。そこにおにぎりが、ふたつ並んでた」

ぎゅうと胸のあたりが、切なく悲鳴をあげていく。

それは、前にわたしが撮ったものだ。『なんだかフォトジェニック』と言いながら、かけがえのない時間を閉じ込めたくて、スマホのシャッターを切った。それを瓦井くんにも送ったのだ。

「その場所に行ったら、色葉ちゃんがいた。この意味、わかるでしょ？」

サングラスを外したミヤコさんが、優しく笑う。口元には彼のものと同じ、えくぼがくっきりと浮かんでいた。

会場の入り口で車を降りたわたしは、全速力で競技場の中へと駆け込んだ。

パァンとスタートの合図が鳴り響き、客席からは拍手や「頑張れ」という掛け声が聞こえ、選手の誰かがスピードを上げて追い抜くとどよめきが起こった。

ミヤコさんの情報によれば、瓦井くんの出番はあと少しのはずだ。

いくらミヤコさんがああ言ったからといって、すべてを鵜呑み(うの)にしたわけじゃない。それでもこうしてやってきたのは、わたしが瓦井くんに会いたかったから。誰よりも、応援したかったから。

トラック脇のスペースでは、出場を控える選手たちがウォーミングアップをしている。瓦井くんも、あのどこかにいるはずだ。

「松下？」

手すりから身を乗り出すようにして見ていれば、後ろから名前を呼ばれる。それは、市川くんだった。

ジャージ姿の彼は、心なしか肩で息をしているように見える。それから、周りをきょろきょろと忙しなく見回した。

「瓦井のこと、見てない？」

声のトーンを抑えた市川くんは、そう言いながら再び周りに注意を払う。

「待って、どういうこと？」

状況を考えれば、瓦井くんはすでにトラック脇にいるはずだ。それでも市川くんがこうして捜し回っているのは、彼がどこかへ行ってしまったということを意味する。

「気付いたらいなくなってて……。このままじゃ棄権になる」

市川くんはそう言って、悔しそうに唇を噛む。

これまでは、瓦井くんと市川くんがぶつかっているところしか見たことがなかった。陸上部の部員たちからも瓦井くんは距離を置かれていたし、その中でも同じクラスの市川くんは彼の言動に辟易（へきえき）しているように見えていた。

そんな市川くんが今、必死になって瓦井くんを捜している。

「あいつ……怪我してたこと誰にも言ってなくて」

今日、会場に現れた彼の膝には、頑丈なテーピングが巻かれていた。それを見た部員たちは、一斉に瓦井くんを責め立てたらしい。

「関東出場なんてこれまでなかったから、自分が出場選手じゃなくてもなんとなく鼻高々になってたところもあってさ。ビリになるのわかってるなら出るのやめろとか。わざわざ応援に来させられたのになんだよ、って。顧問も、そんな状態で出るのはただの自己満足だ、学校の名前に泥を塗るな、みたいなこと言って」

にわかには信じられなかった。たしかに瓦井くんはこれまでの言動で、周りに敵を多く作っていたのかもしれない。それでも、大切な部分が欠けてしまった今の瓦井くんにそんな言葉をぶつけるひとたちがいるという事実が、うまく呑み込めなかった。

「いつものあいつなら、納得できないって毅然とした態度で言い返すんだけど。なんか壊れた機械みたいな、感情のない目をしてた……」

瓦井くんはその言葉たちに反論することもなく、その場から去ったという。そのまま、姿をくらましてしまったのだ。

「正直に言えば、みんな瓦井のこと敬遠してた。あいつはひとりでも平気だったし、強いし、だからなにを言っても大丈夫って思ってたんだ。誰も、自分たちの言葉で瓦井が影響を受けるなんて想像もしていなかった」

市川くんの表情からは、大きな後悔が見て取れる。

「あいつ、関東目指してずっとやってきたのに。走りもしないで終わりだなんて……。もし俺がそんなことしたら、すげぇ勢いで怒るくせに」

ひと同士の関係は、相性の良し悪しだけでは測れない。表に出ていることだけが、すべてなんかじゃきっとない。

市川くんは、瓦井くんのことが苦手だったのだろう。だけどもしかしたらその裏側

「なにそれ……」

で、そんな彼を眩しく思うこともあったのかもしれない。

「もし瓦井に会ったら、絶対に出るように伝えてほしい。俺、見たいんだよ。あいつがここで、走るとこ」

市川くんの言葉に、わたしは強く頷き返す。そして彼とは反対方向へと、瓦井くんを捜しに駆け出したのだ。


競技場の一階、西側にある、がらんとひらけた薄暗い空間。

集団競技のときなどは控えの選手がウォーミングアップやストレッチをするスペースのようだが、今日は使われておらず、人気はない。

そんな中、古びたベンチに瓦井くんはぽつんと座っていた。まるで闇に溶けるように、ひっそりと。

「瓦井くん……」

トラックの方からは、次の競技の出場者への集合のアナウンスが聞こえてくる。

弾かれたように顔を上げた瓦井くんは、数秒こちらを見つめたあと、ため息と共にゆっくりと足元へ視線を落とした。

呆れと、諦めと、すべてを投げ出したような無気力さと。

——こんな瓦井くん、見たことがない。

どうしようもないやるせなさを潰すように、胸元で拳を握る。

それからゆっくりと、彼のもとへと歩みを進めた。

「……なんで来たんだよ」

ぽそりと落とす彼の呟きを、わたしは両手で受け止める。

「見に来たんだよ、瓦井くんが走るところを」

久しぶりに声を聞けただけで、泣きそうになってしまう。わたしはぐっと歯を食いしばり、目元を一度だけ強くこすった。

「もう時間だよ、行こう」

立つ気配のない彼に向かって、まっすぐに右手を差し出す。だけど瓦井くんは、その指先をゆるりと見たあと、ふっと視線を横にずらした。

「いいって。どうせ走ったって意味ないし」

「そんなことないよ、関東大会に出るの夢だったんでしょ？」

「夢、な……」

瓦井くんの口からは、小さな乾いた笑いが落ちる。カサカサの、心なんてひとつもこもっていないような笑いが。

「どうでもいい」

瓦井くんの言葉に、ふつりと喉の奥が熱くなる。

それが彼の本心ではないことくらい、今の状況を見れば明らかだ。

棄権するつもりならば、もうとっくに申請しているはず。その前に、会場へ来ることだってしていないはずだ。

だけど目の前にいる彼は、ゼッケンをつけたユニフォームにジャージを羽織っている。

「本当は、走りたいんじゃないの……？」

怒られてもいいと思った。ううん、怒ってほしかった。

いつもみたいに、『知ったような顔するな』って言ってくれる方がまだいい。

それなのに瓦井くんは、静かに右膝を数度触るだけ。そこには、テーピングが何重にも巻かれていた。

「仕方ない」

ざくり、と心臓に大きな衝撃が走る。

瓦井くんが口にしたのは、彼がもっとも嫌っている言葉だったから。

「所詮こんなもんだよ、俺は」

いつかの自分が、そこに重なる。こんなの、瓦井くんらしくない。

瓦井くんはいつだって、ちゃんと自分の信念をしっかり持って、何事もまっすぐな目で見つめて、ぶつかることを恐れずにいたはずなのに。

走れなくなって、絶望して、焦りが大きくなるのと比例して気持ちのコントロールが難しくなって。

そしてすべてを、手放そうとしている。

膝の怪我は、大きなことだ。瓦井くんがこうなるのも、たしかに仕方のないことなのかもしれない。

それでも、頭で理解をすることと、心で納得することは別なのだ。

「仕方なくなんて、ないよ……」

ぷるぷると、両手の拳が小さく震える。

体中の血液が、ふつふつと温度を上げて心臓へと集まっていく。そしてそれは、火山が噴火するように一気にあふれ出した。

「自分を大事にしろってわたしに言ったの、瓦井くんだよ！」

それは、わたしが忘れてしまっていた〝怒り〟だった。

悔しい。悔しくて悲しくて、そして、腹立たしくって仕方ない。

自分自身を諦めていたわたしを怒ってくれた瓦井くんが、自分自身を大事にしていないように見えたから。

「瓦井くん、走れるんでしょ!?　走りたいんでしょ!?　それなら正々堂々と走ったらいいんだよ！」

瓦井くんは少しだけ目を見開いたけれど、すぐにまた視線を逸らす。

「色葉はなにも知らないから」

「知ってるよ！」

瓦井くんは動きを止める。それから確認するように、右膝を手のひらで覆う。

「怪我のこと、聞いたよ！」

はあ、と瓦井くんの大きなため息が響く。それから数度前髪を払い、言葉を続ける。

「余計なことを……」とひとりごちる。それからミヤコさんが話したと察したのだろう。

「走れなくなって当たり散らして、情緒不安定になって。その上、なんの結果も出せない」

そこで彼は、弱く笑った。

「走れない俺なんて、なんの価値もない」

わたしは彼の両手を取ると、勢いよく引っ張り上げる。ぐんっと手を引かれた彼は、その場で立ち上がり、わたしと向き合う。

「しっかりしてよ！　瓦井くん！」

諦めたような顔で、笑ったりしないで。

仕方ないなんて、言わないで。

心ない他人の言葉で、自分を見失ったりしないで。

「瓦井くんが自分で掴んだ舞台だよ！　瓦井くんがやりたいようにやっていいに決まってるんだよ！」

熱い熱いものが、内側から湧き出て止まらない。怒りで体が震えることが本当にあるのだと、身をもって体感する。

「頭にくるよ！　むかつくよ！　腹が立ってどうしようもないよ！　なんでみんな、勝手なことばっか言うのって、陸上部の全員にパンチしたい気分だよ！」

だけど、とわたしは続ける。

「一番頭にくるのは、瓦井くんに対してだよ！　なんで走る前から諦めてんの⁉　なんで走りたいっていう気持ちを大事にしないの⁉　どうして自分を、優先してあげないの⁉」

目の前の瓦井くんは、目を見開いたまま、瞬きもできずにいる。そんな彼の両頬を、わたしはぱちんと両手で挟んだ。反射的に一瞬、彼が目を閉じる。

「自分を無価値だなんて、絶対に言わないで！　瓦井くんの気持ちを守れるのは、瓦井くんだけなんでしょ⁉　わたしにそれを教えてくれたのは、瓦井くんなんだよ！」

どうか聞いて。

どうか届いて。

どうかちゃんと、取り戻して。

「自分を守れるのは、自分だけ――」

ぽつりと口の中でそう呟いた彼は、そこでゆっくりと瞬きをした。

その瞬間、わたしは感じた。

止まってしまった彼の時間が、再びカチリと動き出したのを。

覇気のなかった瓦井くんの瞳に、ほんの少し柔らかな色が混じる。それはまるで、氷がゆっくりと溶けだすかのような、そんなイメージを連想させた。

もう一度、確かめるように瞬きをした彼は、それからそっと眉を下げて顔を崩す。

「色葉が怒ってんの、初めて見た……」

いつもの瓦井くんが、戻ってきた――。

沸点に達していた怒りは、足元へと急降下。代わりに今度は、泣きだしたい衝動が襲ってくる。

「瓦井くんが言ったんだよ。俺のために怒れよな、って」

涙のあぶくでいっぱいになった視界の中、彼の表情が優しく揺れる。

頬に添えたままだったわたしの両手を、瓦井くんはそっと取った。それからきゅっと力を込める。

「――走るよ」

勢いよく顔を上げると、その動きで涙がこぼれた。瓦井くんは笑いながら、わたしの涙を手のひらでそっとぬぐう。

「一番最後かもしれないけど。周りは嘲笑うかもしれないけど。だけど、思いきり走ってくる」

彼は光が差し込むトラックの方を一度見て、再びわたしと視線を合わせる。

「色葉にいいとこ、見せないといけないし」

そう言って肩をすくめた彼に、わたしは思わず笑ってしまう。その反動で、また雫はこぼれ落ちた。

トラックからは、次の種目の出場選手を呼ぶアナウンスが聞こえてくる。

わたしの目を見て頷いた彼は、光の方へと体を向けた。

そこでわたしは、伝え忘れたことがあったのを思い出す。

「瓦井くん！」

ぴたりと歩みを止めた彼は、ゆっくりとこちらを振り向く。

「瓦井くんが走る姿を見たいって、市川くんがそう言ってた」

きっときっと、そう思っているのは彼ひとりではないはずだ。

まっすぐに、迷いなく、脇目もふらず、自分を貫き、風を切って走っていく。

そんな瓦井くんの姿に、誰もが意図せず心を震わせられているはず。

好きとか嫌いとか、相性がどうとか、そういうのを飛び越えて、その姿に魅入ってしまう。

走っている瓦井くんの姿は、彼の生き方そのものだから。

「瓦井くんらしく走って」

そのとき彼は、たしかに笑った。曖昧な感じの、不器用な感じの、今までのような小さな笑みとかじゃなくて。

目を細めて、嬉しそうに笑ったのだ。

片手を一度上げたあと、踵（きびす）を返した瓦井くん。

眩しい場所に向かって進む背中には、迷いなんか少しもない。その先で彼を待つのは、高く晴れ渡る青空と大きな声援だ。

いつかのように人差し指と親指で、架空のファインダーを作ってみる。その中に、光に包まれる彼の後ろ姿を収めたわたしは、そっとこう呟いた。

「なんだか、フォトジェニックだ」

「むっちゃん、完走おめでとーう！」

夜八時、瓦井家のリビング。

ミヤコさんの音頭に合わせ、グラスが三つ、かちんと音を鳴らす。

「どうも」

普段ならば乾杯になんて参加しない瓦井くんも、今日は照れ隠しの無表情を作りながらそう言った。

今日の大会で、瓦井くんは走り切った。週末である本日は、沢田さんはお休みだ。

それでも彼は、とてもとても眩しかった。ぐんぐん抜かれ、差をつけられ、彼はラストにゴールラインを切った。

それでも彼は、とてもとても眩しかった。そんな彼の姿に、誰もが目を奪われていた。

陸上部の面々も最初こそ黙って見ていたものの、市川くんの『瓦井！　走り切れ！』という声を皮切りに、みんなが瓦井くんに声援を送った。それが追い風となり、彼は最後までまっすぐな気持ちで走り切ることができたのだと思う。

「膝は大丈夫？」

「走ったあと、すぐに冷やしたし平気」

——いつもの瓦井くんだ。

きちんと目を見て話してくれる。ちゃんと言葉に応えてくれる。

ここ最近抱えていた不安が、すべて綺麗になくなっていくのを感じる。

小さく感動していると、それに気付いた瓦井くんは咳払いをする。ちょうどミヤコさんがキッチンへ立ったのも、彼にとってはいいタイミングだったのかもしれない。

彼は姿勢を正すと、食卓を挟み、まっすぐにわたしと向かい合った。

「本当は、陸上はもうやめようと思ってた」

瓦井くんの膝の具合は、そのままで治るものではない。完治させるには手術を受けて大変なリハビリをしなければならないと、ミヤコさんが言っていた。

「でもさ、なんだかんだ俺、思っていたよりも走るのが好きみたいだ」

ジンジャーエールの入ったグラスについた水滴を親指でぬぐった彼は、照れくさそうにそっと笑う。

「……うん」

胸がいっぱいで、うまく言葉が出てこない。

瓦井くんと話すようになったばかりの頃、彼は走ることが楽しいわけではないと言っていた。ただ自分は走っていた方がいいのだと。頭が空っぽになるから、その方がいいのだと。

そんな彼が、自分の意志で陸上を続けていく決意をした。〃好きだから〃という、シンプルで、なによりも大切な理由で。

「色葉に気付かされた。ありがとう」

こんなにもまっすぐな〃ありがとう〃を向けられたことは、これまでにあっただろうか。

ノーと言うことができないわたしは、今までもこの言葉をたくさん受け取ってきた。だけどこんなにも純度が高くて、濁りのない思いを向けてもらったのは初めてのことだ。

思わず涙がこぼれそうになって、慌てて笑顔で取り繕う。

「手術が終わったら、また一緒に走ろうね」

「あんなに走るの嫌がってたのにな」

「自分でもびっくりしてる。瓦井くんと会えない間も、ずっとひとりで走ってたんだよ」

瓦井くんの言う通りだった。どんなに悩んでいても、雑念に支配されてしまいそうでも、走っていると頭の中が空っぽになった。足を前に出し続けることで、どこかへきちんと向かっているのだと感じることができた。

暗いトンネルだって、進めばいつかは終わりが来るってそう思えた。

「よく続いてる。正直、すぐにやめるかと思った」

「わたしも。自分で自分を褒めてあげたい」

目を数度瞬(しばたた)かせた彼は、ふっとそれを細める。

「自分のこと褒めたいとか、前の色葉だったらきっと言わなかった」

「前のわたしなら……」

瓦井くんの言葉は、すぅっと心の中へ落ちていく。

これまでのわたしならば、自分のことを認めるような発言をしたりしなかっただろう。なんでも最初から諦めて、自分はこんなもんだ、って保険をかけて。

だけどそういうのは、もうやめたい。

自分を大事にしたいって、そう思えるようになったから。

「今の色葉の方が、ずっといい」

瓦井くんの瞳に、優しい色がいくつもいくつも反射する。彼の中のたくさんの想いが、そこに映し出されるみたいに。

「瓦井くん」

「なに？」

——愛おしく、思ってる。

そんな本音がこぼれそうになったとき、ミヤコさんの声が響いた。

「ふたりともー！　おでんできたよ！」

はっと我に返ったわたしは慌てて「はい！」と返事をして、キッチンへと向かう。

心臓がばくばくと鳴っていて、顔は真っ赤でどうにかなりそう。

危なかった。本当に無意識に想いがあふれてしまいそうだった。口にしてしまいそうだった。

「あら、お酒でも飲んじゃった？　顔真っ赤だけど」

「いえ！　ちょっと暑いなって思っただけで！」

両手をパタパタ動かして、赤くなった顔に風を送る。

ミヤコさんに言われた通りにお皿や鍋敷きを用意しながら、深呼吸して心を落ち着かせる。

――だけど。

だけどいつか、言えたらいい。きっといつか、ちゃんと言いたい。

そっとダイニングへ視線をやると、瓦井くんはグラスのソーダをこくりと飲み込んだところだった。

「そうかぁ。色葉ちゃんのお母さん、もう帰ってきちゃうのかぁ」

「そうはいっても、当初よりだいぶ長引いてたけどな」

　ミヤコさんと瓦井くんの会話に、はんぺんを食べながら頷くわたし。

　先ほどスマホを確認したら、帰国する日が決まったとお母さんから連絡が入っていたのだ。

「色葉ちゃんにとっては嬉しいことだよねえ。でも、わたしは寂しいなあ」

　お酒の入ったミヤコさんは、眉を下げてつまらなそうな顔をする。正直それは、とても嬉しいことだった。

　年末年始を挟む長期間、高校生の娘をひとりにしておくなんて、世間的に見たら褒められたことではないのだと思う。だけど瓦井くんとミヤコさんは、そういうことは絶対に言わなかった。

　それぞれの家族の事情や在り方がある。

　そのことを、身をもって知っているからだろう。

「別になにも変わらないだろ」

　今夜の夕食はおでん。大きなお鍋の半分くらいは、ちくわぶで占められている。ミヤコさん曰く、瓦井くんの大好物なのだそう。

「これからだって、たまにうちで食えばいいし」

　そうやってちくわぶばかりを食べる瓦井くんに、「息子よ、それはいいアイデアだ！」と頷くミヤコさん。瓦井くんは「酔っ払い……」とため息をついている。

ミヤコさんには少女のようなところがあって、だけどやっぱりいろいろなことを知っている大人でもあって、わたしのイメージしている小説家らしく、感受性が豊かなひとだった。そしてなにより、料理が上手だ。

「もう色葉ちゃん、うちの娘になっちゃいなよ！」

「えぇぇっ……！」

瓦井くんの言葉を借りれば、酔っ払いの戯言だ。それでもつい先ほど、瓦井くんへの想いを口にしそうになったばかりのわたしには、ずいぶんと刺激が強い。だってそんなのって、瓦井くんとわたしが――。

「養子縁組でもするつもりかよ。色葉と兄妹とか無理」

真顔でそう答えた瓦井くんに、お箸の先からはんぺんがつるりと落ちる。

「あ、あはは……、養子縁組……」

ちなみにこの発言は、照れ隠しによるものではない。瓦井くんは、そういうひとなのだ。

咳払いをしたわたしは改めて姿勢を正して、ふたりへと頭を下げる。

「本当に、ありがとうございました」

自宅でひとりで過ごす間、何度もここで夕飯をごちそうになった。ときにはミヤコさんが料理を教えてくれることもあって、自分が憧れていた家族の時間のようなものをここで過ごさせてもらった。

「色葉ちゃんちは、みんなでご飯を食べたりしないんだっけ」

ミヤコさんは、思ったことを言葉にするひとだ。気まずい話題とか、繊細な部分とか、そういうところにも、感じたことがあれば素直に口に出す。だけどそれがごくごく自然で、わたしも構えずに本音を話すことができた。

多分これは、ミヤコさんだからこそできることなのだろう。

「はい、もう何年もないです。一緒に暮らしてるのに不思議なんですけど」

不思議だと思えるようになったのは、ここで過ごすようになってから。それまでは、そのことになんの疑問も持たなかった――いや、持たないようにしていたのだ。

「いろんな家族の形があるからね。だけど色葉ちゃんは、もっとわがまま言ってもいいんじゃないかなぁ」

「わがまま、ですか」

「そうそう。ちくわぶを腹がちぎれるほど食べたい！とか、どうしても猫が飼いたい！とか、鈴成ミヤコの本を全部買って！とか」

最後の言葉に、ふふっと自分で笑うミヤコさん。瓦井くんは慣れているのだろう、もくもくとおでんを口に運んでいる。

「でもね、本当いいんだよ。一緒にご飯食べたいとか、一緒に寝たいとか。色葉ちゃんはずいぶん早い時期から、大人になりすぎちゃったんじゃないかな」

「自分ではよくわからないです」

「まあ、そうだよねえ」とミヤコさんは、からしをチューブから捻り出す。そういえば、うちのお母さんも、おでんには必ずからしをつけていたっけ。

まだ小学生だった頃、繭のピアノのレッスンが終わるのを、車の中でお母さんと待っていた時期があった。寒い季節になると、お母さんはいつもコンビニでおでんを買ってくれて、ふたりで分け合って食べた。

それが当時のわたしには、なによりも嬉しいことだった。

「誰かの親になったって、やっぱ人間だからさ。当たり前に慣れちゃうこともあるし、大事なことを忘れちゃうこともあるのね。わたしだって、むっちゃんに頼りっぱなしだし」

だから、とお母さんは瓦井くんを優しい瞳で見て、もう一度わたしを見つめた。

「感情を表現すること。思いを言葉にすることって、大事なのよ。自分にとっても、相手にとっても」

お母さんに言いたいこと。繭に言いたいこと。

きっときっと、本当はたくさんある。言葉になる前に呑み込んで、感情が生まれる前に蓋をして、仕方ないって諦めてきた言葉たちが。

「……お母さんにもこのおでん、食べさせてあげたいな」

ぽつりと落ちた呟きに、瓦井くんが顔を上げた。

「今度、連れてくればいい」

当然のようにそう言った瓦井くんは、再びちくわぶを口の中へと運んだのだった。

◇

お母さんたちが帰ってくる日は、いつもより入念に掃除をすることにしている。そしてお夕飯は決まって、繭が好きな肉じゃがを作っておくのだ。

久しぶりに帰ってきた我が家でほっとしてほしかったし、それから多分、お母さんにがっかりされることを、なによりも恐れていたのだと思う。

ひとりでもちゃんとやれたよ。家も綺麗にしてたでしょ？って。

あわよくば、褒めてほしかったのかもしれない。

「ずいぶん散らかってるわね。お姉ちゃんったら、どういう生活してたの？」

予定より一日早く、お母さんたちが帰国した。

学校から帰ったら畳もうと思っていた洗濯物たちが、ソファの上に積み上がっている。リビングで勉強をしていたから、参考書もテーブルにのっかったままだ。夕食の準備なんかは、もちろんしていない。

「ごめんね、明日帰ってくるって言ってたから……」

帰宅したわたしを待っていたのは、ちょうど今しがた帰宅したらしいふたりの姿。廊下の中央に、スーツケースがふたつ並んでいる。

「あぁー疲れたーっ」

ばたばたと洗濯物を抱えたわたしの横で、繭がどさりとソファへと倒れ込む。そんな繭に対しお母さんは「一時間だけ練習したら?」と過酷なことを言っている。

「あ、そうだお母さん。この間模試が返ってきたんだけど――」

「お姉ちゃん、その話はあとにしてくれない? ほら繭、感覚を忘れないうちにやりましょ」

――志望校の判定、Aだったんだよ。

続けたかった言葉は、みぞおちの底へと沈んでいく。

「……わかった」

お母さんの背中に向けてそう言ったけれど、きっと聞こえていないと思う。いや、聞く気もないんだろう。

別にこんなの、なんともない。

今まで通り。これまでと同じ毎日が、再び始まるだけ。

それなのに、なぜだか息苦しさを覚えてしまう。この家って、こんなに狭かったっけ。

酸素が薄くなってしまったように感じる。お母さんと繭のやりとりが、どこか遠くで響いている。寒いはずなのに、体の内側からは嫌な汗が吹き出し始める。

「洗濯物、しまってくるね」

どうにかそう言ったわたしは、そのまま自分の部屋へと逃げ込んだのだった。

コンコン、と部屋がノックされ、お風呂上がりの繭が入ってくる。

「体調、大丈夫？　お母さんがピザ頼んだけど、食べれそう？」

あのまま、頭が痛いからという理由でわたしは部屋に閉じこもった。それを心配して、繭が様子を見に来てくれたのだ。

お母さんは、帰国してからのレッスンスケジュールの調整で頭がいっぱいで、わたしの体調どころではないみたいだ。

「うん、大丈夫。でも食欲はないから、お母さんとふたりで食べて」

本当は、頭が痛いわけじゃない。どちらかというと、体というよりは、気持ちの問題が大きい。

しかし、繭は部屋から出ていかず、わたしが横になっているベッドの足元に膝を抱えて座り込んだ。どうやら話したいことがあるみたいだ。

わたしはそっと体を起こし、繭にベッドへ座るように促した。

「言いそびれちゃったけど、おかえり繭」

さっきはとっさのことで、この一言が言えていなかった。この家にいたのはわたしひとりで、繭におかえりと言ってあげられるのも、わたしだけだったのに。

繭はわたしの言葉に「ただいま……」と返すと、やはり膝を抱えて顔を埋めてしまう。

いつも明るくて自由奔放な繭だけれど、昔から泣くのが下手だった。自分の弱いところを、うまく受け入れることができずにいるのだと思う。心を強く持たなければ、厳しい世界では生きてこられなかったのかもしれない。

こうやって膝に顔を埋めるのは、繭なりの自分を守るための儀式みたいなもの。誰からも見えない場所で、涙の代わりにたくさんの想いをぽとりぽとりと落としているのだろう。

こういうとき、わたしはなにも言わない。なにもしないで、ただ隣にいるようにしている。決まって繭は、体の右側だけをわたしにくっつけるようにして俯くから。

「——失敗しちゃった」

気持ちの整理をつけたらしい繭は、顔を上げると一息にそう言った。

そこには悲壮感とか嘆きのようなものはなくて、ただただ事実を口にしているだけなのだと悟る。

「先生にもお母さんにも何度も注意されてたとこ。あそこで失敗しちゃって。もちろん入賞なんかできなかった」

それから両手を上へ伸ばして「あーあ」と大袈裟にため息をつく。

「そろそろ限界なのかなぁ」

今回のことで、繭なりにいろいろと感じることがあったのだろう。それでも、これまで繭がどれだけ頑張ってきたかを知っているわたしとしては、なにか励まさなければと思ってしまう。

「もし本当につらいなら、少し休むことも考えてみたらどう？」

繭は、ピアノが大好きなはずだった。小さい頃は本当に楽しそうに、わたしがリクエストした曲なんかもすらすらと弾いてくれたりした。

だけど最近の繭は、練習練習また練習で、楽しんでいる余裕がないようにも見えた。

「お休みかぁ。そんなの、お母さんが許すと思う？」

「うーん……、たしかに」

「最近のお母さん、モンスターみたいだよ」

そう言っておどけた繭に、わたしは眉を下げて曖昧に笑うことしかできない。ほんの少し、心の奥でモヤモヤとした煙みたいなものが立ち上った気がしたから。

「お父さんも言ってたもん、やりすぎじゃないのかーって」

ぷくっと頬を膨らませる繭に、喉の奥になにかが引っかかった感覚を覚える。

お父さんは、海外赴任で年に一度、帰ってこられるかこられないか。今年の年明けは仕事が立て込んでいたらしく、わたしはもう二年ほど会っていなかった。

「あ、言ってなかったね。向こうで一緒にご飯食べたんだよ。お姉ちゃんによろしく、だって」

「あ……、そうなんだ……」

繭とお母さんはヨーロッパへ行くことが多いから、わたし以外の家族三人で顔を合わせる機会が増えるのは当然だ。そんなこと、今に始まったことじゃない。わかっている。わかっているのに、なぜかざわざわと肋骨の裏側あたりがざわめいてしまう。

なんでだろう。ちょっと前までは、こんな風に感じたりしなかったのに。

「あ！　そういえばね、好きな子から誘われたんだよね。これって脈ありかな？　どう思う？」

わたしの複雑な気持ちは、どうやら表情には出ていなかったみたいだ。

切り替えの早さが長所のひとつでもある繭。先ほどの曇った表情は一瞬にして消えて、代わりに嬉しそうな顔でスマホの画面をこちらに向ける。

そこに映るのは、ふたりの軽快なやりとり。わたしと瓦井くんのそれとはまったく異なり、絵文字や言葉がたくさんの賑やかな風景が広がっている。

ちなみに瓦井くんからのメッセージは『着いた』とか『寝る』とか、そういった感じのもの。二行以上のメッセージが届いたことはほとんどない。

まあ、それに関しては瓦井くんらしいなあと思っているんだけど。

「なに着ていけばいいと思う？　お姉ちゃんの服、貸してほしいかも！」なんてはしゃぐ繭の話を、うんうんと笑顔で聞く。

かすかに残る煙っぽい匂いは、そんなわたしの鼻先にいつまでも纏わりついて離れなかった。そしてそれは、わたしを闇夜へと誘っていたのかもしれない。

ふたりが寝静まった頃、大きなトートバッグを抱えたわたしはそっと玄関を抜け出したのだった。

◇

「いいやつあって、よかったな」

「うん、デザインもかわいくて気に入っちゃった」

テストを数日後に控えた放課後、瓦井くんとわたしは大きなショッピングモールを訪れていた。

「手術、来月だっけ」

「そう。なるべく体力落とさないようにしときたい」

大会後、瓦井くんは陸上部の練習に再び参加するようになった。ほかの部員たちが練習に励む脇で、軽いジョギングのあと、ひたすら筋トレをしているのだと市川くんが教えてくれた。

あの大会をきっかけに部員たちとの関係性も少し変わり、彼らが瓦井くんに走りのアドバイスを求める場面もあるとのこと。『陸上部全体の士気が上がった』とは、市川くんによる言葉だ。

そんな陸上部も、テスト前だけは部活が休みになる。

「普通のスニーカーとは違うから、だいぶ足元軽くなるんじゃないの」

これまで、ランニング専用の靴を履いていたわけではないわたし。それでよく走れるな、なんて瓦井くんには言われていたけれど、学校の体育もそれでやっていたし、特に不便は感じていなかった。それでもここ最近、これまでにない痛みを感じるようになっていた。今朝、走り方の問題なのか、いろいろ考えてみたものの原因がわからないままだった。今朝、すり減った靴底を見るまでは。

そのことを話したところ、放課後に瓦井くんが買い物に付き合ってくれることになったのだ。テスト前だというのに、瓦井くんにはあまり関係がないみたいだ。

「あ」

ふと、隣の瓦井くんが足を止めた。

つられるように顔を上げれば、ミヤコさんの著書がたくさん並べられていた。書店の一番目立つ場所に、鈴成ミヤココーナーができていたのだ。

改めて、ミヤコさんの人気ぶりを実感する。

「瓦井くんは、どんな気持ちになるの？　お母さんの活躍を実感するときって」

妹の繭がコンクールで金賞を取ったとき、わたしはもちろん嬉しかった。だけど自分とは別の世界で起きていることのように感じていた。

わたしは繭の姉ではあるけれど、繭本人ではないから。

「誇らしいと思う」

しかし彼は、わたしが抱いたことのない感情を口にした。

「あのひとには絶対言わないけど。自分の家族の生み出したものが、多くのひとに届いて心を震わせてるのだとしたら、それは純粋にすごいことだし、誇らしい」

「瓦井くんは、やっぱまっすぐだよね……」

「それでも、解釈違いだとかなんだとか言ってる奴ら見るとナンセンスだと思うけど。

鈴成ミヤコはこういう作品だけを書け、みたいなこと言ってる奴らも。ひとが創り出すもんに難癖つける意味がわからない」

「瓦井くんに、ミヤコさんは救われてるんだろうね」

過去にそういうことがあったのかもしれない。どこまでも瓦井くんらしい言葉に、わたしは眩しく目を細める。

「どうだか。あのひと、なに考えてるかよくわかんないところあるから。小説家なんて変わった人間ばかりだ」

「今の発言、全小説家のみなさんを敵に回すのでは……」

「悪口でもなんでもない。ほとんどの人間は小説を書いたりしないんだから」

「……まあ、たしかに」

わたし自身はもちろん、周りにも小説を書いているひとはそうそういなかった。

思わず納得してしまったわたしに、瓦井くんは口の端をにやりと上げる。

「同意したんだから、色葉も同罪」

「ええっ⁉ ていうか、本屋さんでそんなこと言う⁉」

努めて声を抑えたわたしに、瓦井くんは肩を震わせて笑った。

そうやって下がった目尻とか、小さくくぼんだえくぼとか。たまにしか見せてくれない表情のひとつひとつに、一体何度、心臓がきゅうっと切ない音を立てたか。

瓦井くんは想像もしていないだろう。鈴成ミヤコの作品が多くのひとの心を震わせるように、瓦井くんの言動、表情ひとつひとつが、わたしの心をこんなにも震わせているだなんて。

「やっと笑った」

「……え？」

瓦井くんの言葉に、わたしは一瞬呼吸を止める。

「今朝からずっと、変だった」

瓦井くんには、昨日のことは話していない。しばらくしていなかった家出をしたことも、もちろん。

「それで、なにがあった？」

ファストフード店の、一番奥の席。荷物を下ろした瓦井くんはドリンクにストローを刺すと、改めてそう聞いた。

放課後の店内は、高校生や大学生でごった返している。それでも学校とは反対方向にある場所だからか、知った顔はいなかった。

「お母さんと妹が帰ってきたんだけど……なんかモヤモヤしちゃって」

昨夜、ほとんど無意識のような状態でわたしは夜の街へ出た。

はっきりとした理由があるわけではない。お母さんに怒られたわけでも、繭と言い合いをしたわけでもない。

嫌なことは起きてもいないのに、以前のように息苦しくなってそっと家を抜け出してしまった。そのことに、自分が一番後ろめたさを感じていた。

昨日の繭との会話の中で感じたもやがかかった感情。

自分を大事にするということは、きちんと己と向き合うということ。そしてそれは、見たくなかった身勝手な自分と向き合うことでもある。

別に、〝いい子〟でいたいわけじゃない。他人からどう見られるか怖いとか、そういうわけでもない。

ただ、自分にはないと思っていた負の感情を認めることは、今もまだちょっと怖いのが正直なところで。

「妹と話してて、すごく嫌な感情が出てきそうになって……」

昨日湧き出た感情は、初めて体験するものではなかった。幼い頃は、あんな思いを抱えることが多々あった。

どうして繭ばっかりなの？　わたしは？　もっとわたしのことも見てよ。もっともっと――って。

それをどれだけ言葉にしても、なにひとつ解決はされなかった。いつだって『お姉ちゃんなんだから』という一言で済まされて。

　そんな現状に辟易したわたしは、〝みんなにとって自分はこんなもの〟という烙印を自分で押した。そして負の感情は生きていくのに邪魔なだけだと蓋をしてしまったのだ。

「自分を大事にするって、こんな醜い感情も受け入れてかなきゃいけないのかな」

「それもひっくるめて、自分だから」

　いつだって、瓦井くんは迷わない。

「みんな多分、そんなもんだよ。誰だって自分がかわいいし、無意識に自分を優先させようとする。それに気付いて、自己嫌悪に陥ったりして。でも、綺麗ごとだけでは説明できないのが人間なんだから、覚悟決めて向き合ってくしかない」

　そう言った彼は「俺だってちょっとしたことを見過ごせない自分に、うんざりすることもある」と付け加えた。

　瓦井くんの言う通り、誰もがそういう葛藤を抱えているのかもしれない。

　誰だってかっこいい自分でいたくて、優しくて強い自分でいたくて、こうありたいという理想があって。だけど人間には嫌な部分も必ずあるから、そのギャップで苦しんで。

「結局は、自分を守れるのは自分だけだから」

ひとは、たくさんのひとと関わりながら生きている。たくさんの目に守られながら生きている。それはときには親だったり、友達だったり、恋人だったりする。

だけど二十四時間三百六十五日、自分と離れずに一緒にいるのは自分自身だけだと瓦井くんは話した。

「だから色葉は、自分のためにきちんと怒れるようになった方がいい」

自分を守るために。

自分を大事にするために。

瓦井くんの言葉の中心には、常に〝自分〟がいる。その軸はぶれることがなくて、だからこそわたしは彼に惹かれるのだろう。

「瓦井くんはずいぶん、笑うようになったよね」

いつだって無表情だった瓦井くん。淡々と、理不尽に立ち向かっていた瓦井くん。だけど最近では、優しい空気を纏っていることが多い。瓦井くんは瓦井くんで、これまでに見えなかった自分を受け入れ始めているのだろうか。

ドリンクで喉を上下させた彼は、カップをテーブルに置くとわたしを見た。

「人間は変われる。変化し続けてく。色葉も俺も」

わたしには、なんの才能もないけれど。特別に秀でていることもないけれど。

そんなわたしのことを守ろうとしてくれるひとがいる。

わたしが強くなることを、見守ってくれるひとがいる。

きっと、わたしの人生での一番の幸運は、瓦井くんと出会えたことだ。

◇

昔から、『松下さんの家はいいわねぇ』と周りから言われ続けてきた。

海外赴任中の父と、娘に愛情をたっぷり注ぐ母。仲のいい姉妹に、立派なグランドピアノ。

不便なことはなにもない、恵まれた家庭なのだろう。

——傍から見れば。

「どういうつもりなの！」

学校から帰宅すると、家の中がめちゃくちゃだった。

倒れたグラスと水浸しのテーブル。リビングの隅でひっくり返った観葉植物。びりびりに破かれた楽譜が、ところどころに散らばっている。

金切声をあげるお母さんと、両手で耳を塞ぐ繭。

これまでも、繭とお母さんが衝突することはたまにあった。それでも、ちょっとした言葉のやりとりくらいで、部屋が荒れるほどのことは一度もなかった。

「お母さんがどんな思いであなたを育ててきたと思ってるの！」

キィン、とつんざくような声に、わたしははっと我に返る。それから慌てて繭のそばへ駆け寄った。

「お姉ちゃん、庇うことないの！　この子が馬鹿なんだから！」

お母さんが繭に〝馬鹿〟という言葉を使っているのを、初めて聞いた。心臓がドクドクと鼓動を打ち、無意識に膝頭が小さく震える。逃げ出したくなるのを、必死にこらえた。

「お母さん落ち着いて。なにがあったの？」

わたしまで感情的になれば、ふたりともヒートアップしていくだけ。努めて冷静に声をかける。

「見なさいよ、繭の右手を」

お母さんはそれだけ言うと、どさりとダイニングチェアに半ば倒れるように腰を下ろす。

繭は変わらず、目をぎゅっと閉じて両手で耳を塞いだままだ。しかしその指先に、ぐるぐると包帯が巻かれている。

「ボールがぶつかって、突き指ですって。全治三週間。その間、ピアノは弾かないでくださいですって！」

もう！と、お母さんはその場で頭を抱えた。

ボールで突き指というのは、普段の繭からは考えられない出来事だった。

繭に類まれな才能があるとわかってから、お母さんは体育や彫刻刀を使う授業など、手を怪我する可能性があるものを徹底的に排除してきたからだ。

外から見れば、異常に映るほどの熱心さ。それほどにお母さんは、繭のピアノ人生にすべてをかけてきた。

「男の子に誘われてバスケしたなんて……」

お母さんの嘆きに、わたしは大体のことを理解した。

繭が前に話してくれた、同じ中学の男の子。バスケ部だった彼は、高校でもバスケを続けているのだと言っていた。

家の近くの公園にはバスケットコートがあって、夕方や休日には、同い年くらいの男の子たちがボールを追いかけている。

きっと繭はそこで、彼からバスケをしようと誘われたのだろう。

好きなひとからの誘いならば、喜んで受けたい。それは当然の気持ちだ。

しかしお母さんがそれを理解しないのも、容易に想像はついた。

「治らないわけじゃないんだから、とりあえず三週間は治療に専念して――」

怪我をしてしまったものは、もう仕方ない。それに、大きなコンクールは終わったばかり。もしかしたら、繭の気持ちが休まるいい機会になるかもしれない。

そんなことを思って放った一言が、お母さんを激昂させた。

「関係がないお姉ちゃんは黙ってなさい！」

怒鳴られた拍子にびくりと体が大きく揺れる。

ふらりと立ち上がったお母さんは「先生に連絡しなくちゃ……」などとぶつぶつ言いながらリビングを出ていった。

「繭、大丈夫だよ。大丈夫だからね」

縋るようにわたしの腕を掴む繭を抱きしめながら、わたしは涙がこぼれないように天井を強く睨みつけていた。

泣き疲れた繭に横になるように促し、リビングの掃除をした。

ずいぶんと荒れ果てたように見えたけれど、散乱していたのは破かれた五線譜だけで、それを集めて植木を戻し、テーブルを拭いて掃除機をかければ、見慣れた我が家が現れた。

いつの間にかとっぷりと、日は暮れていたけれど。

「お姉ちゃん、さっきはごめんね」

寝室から出てきたのは、目元を赤くしたお母さんだ。ひとりで部屋で過ごす中で、気持ちを落ち着かせていたのだろう。

「片付けまでしてくれて、ありがとう」

お母さんは、決して悪いひとではない。定規のように一直線で、こうあらなければならないという信念をどこまでも貫いているだけで。

感情をそのまま爆発させてしまうことはあるけれど、冷静になればきちんとこうして謝ってくれるし、感謝の言葉も伝えてくれる。

「この間のコンクールのこと、お姉ちゃんは聞いた？」

キッチンで水を汲んだお母さんは、くびりとそれを一息に喉へ流し込む。

「うん、繭から少しだけ。失敗しちゃった、って」

そう、とお母さんはため息をついた。

「ここが頑張りどころだって、先生にも言われててね。繭のために、お母さんこれまでいろいろやってきてたんだけどね……。よりにもよって、恋愛に振り回されて大事な指を怪我するだなんて……」

どうして大人は、わたしたちが恋をすることに否定的になるんだろう。なにかうまくいかないことがあったとき、不都合なことがあったとき、なにかにつけて『恋愛なんかにうつつを抜かして』とそれのせいにする。

誰かを好きになるのは特別なことで、悪いことなんかじゃないはずなのに。

お母さんだって、お父さんと恋愛をして結婚したはずなのに。

「ピアノだけじゃない世界も見たかったんじゃないかな……」

倒れていた写真立てをもとに戻す。繭が金賞を取ったときの、コンクールの写真だ。綺麗なドレスを着た繭が、厳かな装飾が施されたステージでつやつやのグランドピアノを演奏している。

我が家に飾られている写真はどれも、繭のコンクールのものばかりだ。

「普通の高校生がしていることを、繭だってしたかったんじゃないかな」

ふたりで出かけたとき、わたしのことを自由だから羨ましいと言った繭。自分の道はピアノと共にあると思いながらも、そうではない人生を想像することもあったのかもしれない。

——例えば、好きな男の子がパスしたボールを、キャッチしてみる自分とか。

「繭のためにと思ってやってきたことは、全部押し付けだったのかしら……」

今日一日で、一気に老け込んだように見えたお母さんの姿に、胸の奥がつきんと痛む。

どんな親でも、わたしにとっては世界にひとりしかいないお母さんで。

そんなお母さんが肩を落としているときには、『そんなことないよ』って言ってあげたくなってしまう。例えばそれが、事実に限りなく近かったとしても。

「お母さんの気持ちも、わかるよ」

そう言ったとき、廊下の向こうで小さな音がしたことにわたしは気付かなかった。

まさか藺が、その一部分だけを聞いていたなんて。


「藺、そろそろお腹すかない？」

防音室の扉をそっと開くと、そこには薄暗い静寂が広がっていた。ベッド脇の間接照明だけが、ほんのりとオレンジ色の光を放つ。

時刻は午後九時過ぎ。なにも飲んでいないのも心配になり、様子を見に来たのだ。

「藺？」

そっとベッドへと近付いて気が付いた。部屋の中には、誰もいなかった。

そこからは、すべてが慌ただしく過ぎていった。

藺がいなくなったと知ったお母さんは狼狽(ろうばい)し、手当たり次第、藺の行きそうな場所へ連絡を入れた。ピアノの先生や学校の友人たち。しかし誰も心当たりはないという。

自分のせいだと泣き始めたお母さんをどうにかなだめ、家で待つように伝える。

そしてわたしは真新しいスニーカーに足を突っ込み、玄関を飛び出したのだ。

「藺……どこにいるの？」

何度かけてみても、着信音を告げるだけで応答はない繭のスマホ。それでも繰り返し繭の番号をタップする。GPS機能は切っているらしく、使えない。

見つからなかったらどうしよう。事件に巻き込まれていたらどうしよう。そんな不安と――。なんで電話に出てくれないの？　なんでなにも言わないで出ていったりしたの？　そんなやるせなさと心もとなさに襲われて、ぐらりと視界が歪みそうになるのを必死で抑え込む。深い深い、深呼吸を繰り返しながら。

一階へ到着したエレベーターを飛び降りた瞬間、目の前にいたひとと正面からぶつかってしまった。

「ごめんなさ――」

その相手は、もうずっと口をきいていない彩華だった。制服姿のままだったから、予備校の帰りなのかもしれない。

「……ごめん」

口早にそう告げ、脇をすり抜けようとしたわたしの腕を、彩華の細い手がきゅっと掴んだ。

「なにかあったの？」

口元を横に結んだ彩華は、気まずそうにしながらも、わたしの目を見てそう聞いた。

その瞬間、ぶわりと視界があぶくで滲む。

「ま、繭が……いなくなっちゃっ……」

ギリギリで張られていた涙の決壊が壊れていく。次から次へと涙があふれる。そのせいで、言葉がうまく繋げない。

こんなこと、彩華に言ったって困らせるだけなのに。彩華だって、本当は関わりたくないはずなのに。

それなのに、涙はあふれて止まらない。いろいろな感情がごちゃ混ぜになって、しっかりしなくちゃと思うのに、どうしても心がついてきてくれない。

「──色ちゃん、大丈夫」

ぱしっと体に、衝撃が走る。彩華がわたしの両肩を鼓舞するように叩いたのだ。

「わたしも一緒に捜す。絶対に大丈夫だから」

そう言った彩華はくるりと体を反転させると、大きな歩幅で歩き出した。わたしの右手を、しっかりと握りながら。

ああ、ずっとずっと、彩華の手を引くのが自分の役目だと思っていた。

だけどそうじゃなかったんだ。わたしだって、頼ったってよかったんだ。弱いところを見せて、甘えたってよかったんだ。

──きっと多分、〝友達〟ってそういうものだったんだ。

近所の公園、通っていた中学やコンビニにスーパー。藺が行きそうなところをあちこち捜してみたけれど、まだ見つからない。

「藺ちゃん、電話出ない？」

「……それが、電源が入っていないみたいで」

彩華はずっと、わたしと手を繋いだままでいてくれる。不安で潰されそうになる瞬間にも、ぐっとわたしを引き上げてくれる。それが、どれだけ強さをくれているか。

「電池がなくなったか、自分で電源を切ったか、だね。なんにしても、早く見つけなきゃ」

彩華の言葉に、わたしはぎゅっと唇を噛む。それほどに、藺はわたしたちと遮断されたところにいたいのだろうか。

そのとき、手の中のスマホが震えた。

「藺!?」

画面も確認せずに着信を取ると、『今どこ？』という瓦井くんの声が響いた。

『松下から連絡来た。俺も捜すから、今どこにいる？』

思わず彩華を見ると、彼女はちょっと気まずそうにしながらも肩をすくめた。

『絶対見つかるから、心配するな』

右手からは彩華の気持ちが。左耳からは瓦井くんの言葉が、しっかりとわたしの中へと流れ込んでくる。

　繭をひとりにしたくない。こんなにも、あなたを心配してくれているひとたちがいる。

　十分後、瓦井くんが合流した。彼はごく自然に彩華に対し、「連絡、助かった」と声をかける。

　そのときに、わたしが思っていたよりも世の中の時間は経過しているのかもしれないと、そんなことを思った。

「で、ほとんど捜したって？」

「うん……このあたりで行きそうな場所は一通り。友達の家にもいないっていうし……」

　実を言うとSNSで、繭が好きな男の子にも連絡を取っていた。彼のところにも繭はいなくて、彼は彼で捜してくれるとのことだった。

　まだ連絡がないということは、彼も繭を見つけられていないのだろう。

「色葉、自分のときは？」

「え……？」

「家出したとき、どこにいた？」

「家出……？」という彩華の呟きの横、わたしは急いでスマホでSNSのアプリを開いた。検索画面に、幾度となく打ち込んだ文字を入力する。

〝#家出少女〟

ずらりと出てくる、夜へ居場所を求める少女たちの声。

――つまらない。

――居場所がない。

――苦しい。

――寂しい。

――虚しい。

親指で、何度も何度もスクロールしていく。これほどに、この瞬間にも家の外へ居場所を求めている少女たちがいる。

「……あった！」

見覚えのある画像の上で、わたしはぴたりと指を止める。暗い場所、どこかに座っているのであろう足元を写した写真。この靴も、スカートも、右膝のほくろも、写り込んだ包帯が巻かれた指先も。全部、全部、繭と同じ。

『誰もわたしのことをわかってくれない。消えたい。　#家出少女』

投稿されたのは、今から一時間ほど前。足元に映るタイルには見覚えがある。わたしがいつも、逃げ出した先。繭が両手を広げて、『生きてるって感じする』とステップを踏んだあの地面。

「わかった……！」

顔を見合わせたわたしたちは、そのまま駅へと駆け出した。

家出少女と一言でいっても、みんな違う人間だから、行動もそれぞれ。ＳＮＳはそれを見事に教えてくれるツールだ。

誰もいない夜の公園に逃げ込む子もいれば、夜に紛れるよう繁華街へ向かう子もいる。友達の家へ行く子もいれば、半ば自暴自棄になり見ず知らずの大人に助けを請う子たちもいる。

「繭！」

駅前のコンコース広場。その隅のベンチに、繭は膝を抱えるようにして座っていた。

話しかけようとしていた男たちが、わたしの声に舌打ちをしながら去っていく。

夜遅い時間に、若い女の子が繁華街にひとりでいる。それは常に危険と隣り合わせだということに改めて気付かされる。

ゆらりと顔を上げた繭は、わたしの姿を認めると目を大きく見開く。それからぷいと顔を背けた。

「なにもされてない!?　大丈夫!?」

藺に駆け寄り、視線を合わせるようにしゃがみ込む。それから冷え切った藺の両手を握った。しかし藺は、一向にわたしを見ようとはしない。

「藺……、本当に無事でよかった……」

はぁーっと大きな息が漏れる。ずっと張り詰めていた緊張の糸が、ふつりと切れたみたいな感覚だ。

「とりあえず、お母さんに電話しなきゃ――」

「お姉ちゃんはどうせ、お母さんの味方でしょ?」

スマホを操作しようとしたわたしの手を、藺がぐいっと強く掴む。斜め後ろにいた彩華が、はっと息を呑むのがわかった。

「わたしのこと理解してるふりをして、お母さんの気持ちもわかるとか言って。そうやって家の中でも八方美人してるんだ」

そのときに気が付いた。藺は、お母さんとわたしの会話を聞いていたのだ。それもすべてではなく、ほんの一部のみを。

「あんなお母さんの味方するなんて、どうかしてる。誰もわたしのことなんて、ちゃんと見ようとしてくれない」

吐き捨てた藺に、わたしの中でなにかが弾ける音がした。それは、少しずつ水を注ぎ続けていたグラスから、ついにあふれてしまう感覚にも似ていた。

ずっとずっと溜めてきた悲しみの感情が、限界を超えてしまったのかもしれない。

ずっとずっと抱えてきた寂しさが、爆発してしまったのかもしれない。

そんな風に言いたいのはわたしの方だよ、って。

「色葉がどんな思いで——」

思わず出たのであろう瓦井くんの言葉を、わたしの低い声が遮った。

「甘えたこと言わないで」

まっすぐに、わたしは繭の顔を見つめた。

「なにもわかってないよ、繭。自分が知っていることだけ、自分が聞いたことだけ、見たことだけが世界のすべてだと思ってるの？」

悔しかった。悲しかった。もどかしくってやるせない。

こんなに愛されているのに。羨ましいほどに、愛情を注がれているのに。

「お父さんもお母さんもわたしも、繭のことが大事なんだよ。大好きなの。繭が夢を実現できるように、心から応援したいと思ってる」

これまでにない雰囲気のわたしに、繭は金縛りにあったかのように微動だにせずにいる。

たしかにお母さんの行動は、行きすぎたところがあるのだと思う。もしかしたら繭にとっては、押し付けに近い形だったのかもしれない。息苦しくなって、逃げ場がなくなって、繭だってすごく苦しかったんだろう。

　それでも、わたしは羨ましかった。愛情を、目に見える形で表現されている繭が、小さい頃から羨ましくてたまらなかったのだ。

「愛されてるんだよ、繭は。みんなから、これ以上にないほど……」

　繭の顔が歪んでいく。それは、彼女の目から涙があふれたからなのか。それともわたしが泣くのをこらえられなかったからなのか。

「彩華ちゃんたちも……わたしを捜してくれてたの……？」

　ぐすっと鼻をすすりながら、わたしの後方を見上げる繭に、わたしは静かに頷いた。

　彩華は繭とも幼馴染ではあるものの、しばらく顔を合わせていなかった。瓦井くんに至っては、繭と直接会うのはこれが初めてのことだ。

　それなのに、こんな寒い夜に、必死になって捜してくれた。

「愛されてるのは、お姉ちゃんも一緒だね……」

　繭の言葉に、わたしはゆっくりと後ろを振り向く。彩華と瓦井くんは、やわらかな表情でわたしたちを見守っている。

　二度と関わらないと言った彩華が、わたしの手を引いて励ましてくれた。

　繭とは面識のない瓦井くんが、電話一本で駆けつけてくれた。

　ふたりが繭を捜してくれたのは、妹を心配したのはもちろん、松下色葉を大事に思ってくれているから――。

「帰ろう」

瓦井くんが、凪のような声で言う。

「帰ろう」

彩華が、優しく微笑みかける。

頷いたわたしは、もう一度繭と向き合った。

「繭、帰ろう」

大粒の涙をぽろりとこぼした繭は、それからゆっくりと頷いたのだった。

自宅へ戻ると、玄関前で待っていたお母さんが繭を強く抱きしめた。「無事でよかった。お母さんが悪かった」と、子供のように泣きじゃくって、それから彩華と瓦井くんに何度も何度も頭を下げてから家に入った。

「それじゃ、もう行くから」

パタンとわたしの背後でドアが閉まったのを確認した彩華は、そう言って階段の方へと向かっていく。

「彩華、ありがとう……！」

背中に向かって声をかける。彩華は一度だけ立ち止まると、そのまま歩いていってしまった。

「不器用だな、松下」

ぼそりと呟いたのは、ひとり残った瓦井くん。

「優しいんだよ、彩華は。本当に」

それから彼に向き直り、わたしは深く頭を下げた。

「繭を一緒に捜してくれて、ありがとう」

ふたりがいてくれなかったら、わたしは繭を見つけられなかったかもしれない。心細くて不安で怖くて、冷静な判断ができなかっただろう。

しかし瓦井くんは、未だに心配そうな表情をしたままだ。

「無理するなよ」

「大丈夫だよ」

これでもう、すべては解決した。散らばったノートがひとつのファイルに綴じられるように、元通りに収まっていくのだろう。

「瓦井くんも、遅くまでごめんね」

「──わかった」

それじゃあ、と手を上げた瓦井くん。こちらへ背を向けた彼に、笑顔のままで手を振った。

大丈夫。なにもかも、もとに戻る。だからわたしは、大丈夫。

「ピアノ弾けないわたしなんて、なんの価値もないもん……」

「そんなことないわ。ピアノを弾けなくても、藺自身が大事なのよ」

家の中へ入ると、リビングからふたりのやりとりが聞こえてくる。わたしはそっと、そこへと入っていった。

「あ……お姉ちゃん……」

藺がわたしに気付き顔を上げ、はっとした表情を見せる。視線はわたしの膝に向けられている。

「わたしのこと、捜してるときに……？」

「ただのかすり傷だから」

藺を捜している間に、転んでできたかすり傷。彩華からもらった絆創膏を貼っていたのだが、思ったよりも血が出ていたらしい。膝からくるぶしにかけて、血の筋が伝っていた。

お母さんは振り向いて、そんなわたしを一瞥する。それからすぐに藺へと顔を向けると、「お姉ちゃんは大丈夫だから。それより藺、ちゃんとお母さんの話を聞いて」と言葉を続けた。

それまで感じなかった痛みが、ヒリヒリと膝を焦がす。その痛みは血管を通って全身へと回っていく。

「繭がどこにいるかわからなくて、お母さんは生きた心地がしなかったのよ」

――わたしがいなくなっても、気付きもしないのに。

「これだけはわかってて。お母さんもお父さんもお姉ちゃんも、繭のことが本当に大切なんだから。ね、お姉ちゃん」

必死な様子のお母さんに突然話を振られ、わたしは作られた笑顔のまま頷く。変わらずに涙を流すふたりをリビングに残し、廊下に出て後ろ手でドアを閉める。

続けられる会話に、耳を塞ぎたくなる衝動を抑えて自分の部屋へと向かった。

クローゼットの奥から、大きなトートバッグを引っ張り出す。なんだかもう、心の中は真っ白だった。

なにも考えたくない。

なにも感じたくない。

そのままスニーカーに足を入れて、玄関の鍵を開ける。

今日だって、お母さんはわたしが家を出たことに気付かない。いや、気付いたって心配なんかしない。

『お姉ちゃんは大丈夫だから』って。

エレベーターを降りて、マンションのエントランスを抜けたときだった。

「付き合うよ」

わたしが来ることを予想していたのだろうか。

帰ったはずの瓦井くんが、コンビニの袋を持った右手を軽く上げた。

◇

普段使わない路線に乗ると、座席の色とか車内広告とか窓の形とか、ちょっとした違いにもそわそわとするものだ。

「どこ行くの？」

「海」

夜遅くの上り電車は、思ったよりもひとが少なかった。わたしたちのいる車両には、一番奥に眠っているおじさんがひとりいるだけ。

そんな車内で瓦井くんはスマホをいじる。どうやら目的地への行き方を検索しているみたいだ。

「わたしが家出するって、わかったの？」

「なんとなく。一時間待ってみて、来なければそれでいいと思ってたし」

「こんな寒い中、一時間なんて長いよ……」

「別に大したことじゃない」

平然と言ってのける瓦井くんに、今日何度目となるかわからない「ありがとう」を小さく伝えた。

実際わたしは、彼と一度別れてから三十分も経たないうちに家を抜け出していた。この時間に電車に乗るのは、いつも家に帰るためだった。だけど今夜は、家から離れるために電車に揺られている。

お母さんに心配をかけるだろうか。そう思いながらも、お母さんはわたしを心配したりしないのだという事実に打ちのめされる。

お母さんがよく使う『お姉ちゃんは大丈夫だから』という言葉は、これまでのわたしが積み上げてきた結果だ。まさかこんな風に、自分を苦しめるものになるとは思いもしなかった。

「こんなことしたって、なにも解決しないのにね……」

――ガタタン、ゴトトン。

小さく響く振動に、ぽつりとそんな言葉が落ちる。

瓦井くんはスマホから顔を上げると、そっと息を吐き出した。

「色葉は多分、なんでもかんでも抑え込みすぎてる」

怒りだけじゃない。悲しみとか苦しさとか、そういう負の感情に蓋をしている。

瓦井くんはそう続けた。

自分自身のことを振り返る。自分の意見を言えるようになったと思っていた。自分を大事にすることが、わかり始めていた気がした。

だけど結局、わたしはなにも変われていない。

息苦しさを感じたら、人知れず家を抜け出して、闇夜にふらふらと誘われて。

「こんなの、ただの逃げだよね……」

変わりたいのに変われない。

向き合わなきゃいけないとわかっているのに逃げてしまう。

そんな自分に嫌気が差す。

「逃げたっていい」

だけど瓦井くんは、今夜も迷いなくそう言ってくれるのだ。

「苦しいときは逃げればいい」

瓦井くんはコンビニの袋から肉まんを取り出すと、ひとつをわたしへと差し出した。

それは少し冷めてしまっていたけれど、冷え切った指先にたしかな温もりを伝えてくれて。

深夜の電車、肉まんをかじりながらわたしはちょっとだけ泣いてしまったのだった。

「色葉、着く」

肩を叩かれ、目を開ける。

一瞬、自分がどこにいるのかわからなかった。どうやら眠ってしまっていたみたいだ。

周りを見渡せば、いつの間にか車内にはわたしと瓦井くんのふたりだけ。隣の車両を覗いてみても、誰も見当たらなかった。

ぷしゅーっという空気が抜けるような音と共に、電車の扉がゆっくり開く。

「こっち」

まだぼんやりとしていたわたしの左手を、瓦井くんの右手が引いた。

降り立った駅は、がらんとした冬の夜の空気に包まれている。

「さむ……」

眠りに落ちたことによって高くなっていた体温が、外気によって冷やされる。意識が急速に覚醒していくのが自分でもわかった。

寒さを確認するように、はあ、と息を空中に吐き出してみる。

寒い季節特有の白い息が、夜空に浮かんで散っていく。

これだけの気温の中、瓦井くんと繋いでいる指先だけが熱を持っていた。

「ごめん、わたし寝ちゃってたんだね」

「いびきかいてた」

「えっ、嘘!?」

「嘘」

口元を押さえたわたしに、瓦井くんはしれっとした表情でそう返す。それから少しだけ笑うから、つられるようにこちらまで笑ってしまった。

ずいぶんと、遠いところまで来てしまった。

ホームから見えるのは、ひたすら真っ暗な闇夜だけ。正面に広がるのは海なのだろうということは、潮の混ざった風の匂いでなんとなくわかった。

「腹減った」

「さっき肉まん食べたのに?」

「あんなんじゃ足りない」

瓦井くんはそう言って、再びわたしの手を引いて歩き出す。そして慣れた足取りで改札をくぐると、駅の左側へと進んでいく。その先には、煌々(こうこう)と光を放つファミレス。

もしかしたら彼は、この場所へ来たことがあるのかもしれない。

「ハンバーグセット、ご飯大盛り」

「わたしも同じのお願いします。あ、ご飯は少なめで」

店員さんに注文したわたしは、ぐるりと店内を見回す。

奇しくもここは、以前瓦井くんと訪れたのと同じ系列のファミレスだった。全国にあるチェーン店なので、あっても不思議ではないのだけれど。

「なんか、懐かしいね」

「こっちの方が、やたら広いけどな」

瓦井くんの言う通り、同じファミレスでも繁華街と郊外にあるのでは規模やお客さんの数が違う。今も店内には、わたしたちを除けば二組しかいない。ちなみに注文もタブレット式ではなく、直接店員さんに伝える形だ。

「この状況で、よく二十四時間営業をやってるよな」

「おかげで、わたしたちは助かったけど」

朝が来るまで外で過ごすには、この時期は気温が低すぎる。こうして寒さをしのげる場所があるのは、本当にありがたかった。

「もしかして瓦井くん、ここに来たことあるの？」

あたたかいおしぼりで両手を拭く。それを合図にしたように、空腹感が胃のあたりを刺激した。ほっとすると、お腹がすくものなのかもしれない。

「何年か前に。取材に付き合わされて」

作品のイメージや設定を固めるため、いろいろな場所へ取材に行くのだと、ミヤコさんが話してくれたのを思い出す。

この場所も、ミヤコさんの小説に登場しているのだろうか。そう思うと、わくわくしてくる。家に帰ったら、もう一度全作品を読み直そう。

そんなことを思ったところで、心には再び影が差してしまう。

――家に帰ったら。

時刻は深夜の二時を回ったところ。家を出てから、スマホは一度も震えていない。きっとお母さんは今も、わたしが家にいないことに気付いていないのだろう。

それでもさすがに、朝になればわたしの不在を知るはずだ。そのとき、お母さんはどんな顔をするのだろう。

いつものように、『お姉ちゃんは大丈夫だから』と言うのだろうか。

「気になる？」

瓦井くんの言葉に、我に返る。気付けば目の前には、ハンバーグゼットが置かれていた。

「ご、ごめん！　ぼーっとしちゃって」

「謝らなくていい」

プラスチックのカトラリーケースからフォークとナイフを取り出した瓦井くんは、

一セットをわたしに手渡すと、自分はハンバーグにナイフを入れた。

「とりあえず、食べれば。空腹だと、人間ろくなこと考えないから」

「それ、ミヤコさんの小説にも書いてあった」

「あのひと、自分の思ってることそのまま小説に書いてんだな……」

瓦井くんはミヤコさんの小説を読んだことがないと言っていた。なんだか気恥ずかしい感じがして、読む気がしないらしい。

もったいない。ミヤコさんの小説は、どれも本当に素敵なのに。

それからわたしたちは、とりとめもない話をいくつもした。

瓦井くんはいつからちくわぶが好物だったのかとか、わたしが好きなミヤコさんのお話のこととか、小さい頃に見た夢の話とか。

ハンバーグを綺麗に食べて、そのあとにイチゴパフェも頼んで。ドリンクバーで何度もおかわりをして。

そうして気付けば、空がほんのりと白くなり始めていた。

「行くか」

伝票を持って立ち上がった瓦井くんに、わたしも慌ててトートバッグを抱える。

「どこに行くの？」

「ちょうど、見れると思う」

瓦井くんについていくと、水平線を一望できる高台に到着した。撮影スポットにでもなっているのかもしれない。鐘の形をした銅像がひとつ、そこには建っていた。

「もうすぐだな」

頭上はまだ暗くて、星も小さく瞬いている。それでも水平線付近はオレンジ色に染められて、闇と光の共存した美しさに、思わず息を止めてしまう。

雲と雲の合間から差し込む光は、わたしたちの足元を照らしていく。

「綺麗……」

うわごとのように、そんな言葉がこぼれ落ちる。

眩しい朝陽は、隠していた本音も、素顔も、全部照らし出すみたいだった。

夜に紛れて隠れていた部分も、そっと姿を潜めていた思いも、なにもかもが曝け出されるみたいな感覚。

「……わたし」

ひっく、と喉の奥で息が詰まった。

「本当は大丈夫なんかじゃない……」

自然と出てきたのは、素直な思い。

一度それを認めてしまえば、閉じ込めていた思いと一緒に、瞳の奥からも涙があふれてしまいそうだ。

家を出てから、ずっとずっと、家族のことが頭から離れなかった。

瓦井くんと笑い合っていても、他愛のない話をしていても、ふとした瞬間にお母さんたちの顔が脳裏をよぎった。

わたしがどこでなにをしても、お母さんはきっと言う。『お姉ちゃんは大丈夫だから』って。

ずっとずっと、その通りでいなきゃと思ってきた。

がっかりさせたくなかったし、手間をかけさせちゃいけないと思っていた。

自分が傷つくのを恐れるあまりに、いつからかすべてを諦めるようになっていた。

わたしはお姉ちゃんだから。

わたしはこんなもんだから。

自分に何度も言い聞かせることで、傷つかないように保険をかけて。

だけど本当は、そんな自分が嫌だった。

夜に溶かしてしまいたかったのは、自分にも周りにも嘘をついているわたし自身だったんだ――。

「言っていい」

瓦井くんの声が、朝焼けの中でクリアに響く。

「ぶつけていい。守っていい、自分のことを」

朝陽が照らす中、トートバッグから無言のスマホを取り出す。

午前六時半。お母さんも繭も、まだ眠っている時間だ。

――自分を守れるのは、自分だけ。

瓦井くんの言葉に背中を押され、お母さんの番号をタップした。

数回のコール音のあと、お母さんの寝ぼけた声がスピーカーから聞こえてくる。

『……お姉ちゃん？　なに、わざわざ電話なんかして』

やっぱりお母さんは、わたしが家にいないことに気付いていない。

その事実はわたしの胸を抉っていき、思わずぐっと言葉を呑む。すると、右手をあたたかな温もりが包んだ。瓦井くんが、わたしの手を握ったのだ。それから強く、ぎゅっと力が加えられる。

――言える。言おう。言っていい。

「全然、大丈夫じゃない……」

『――え？』

ぽろりと落ちた言葉と共に、大粒の涙が頬を伝う。

「わたしだって、お母さんに話したいことがたくさんある……」

小さい子供じゃないんだからって、自分でも思う。

だけどやっぱり、寂しいものは寂しいんだよ。

繭ばっかりじゃなくて、わたしの方もちゃんと見てよ。

わたしの話もちゃんと聞いてよ。

お姉ちゃんは大丈夫って、決めつけないでよ。

ねえわたし、愛されている？

『お姉ちゃん……？』

一気にあふれた言葉たちに、スピーカーの向こうのお母さんは戸惑っているようで。

「色葉だよ……。お姉ちゃんじゃなくて、色葉って呼んでよ、お母さん……！」

そこまで言ったわたしは、声をあげて泣いた。

なんだかもう、たがが外れてしまったみたいだった。

お姉ちゃんなんだからしっかりしなきゃとか。

みんなが求める自分をきちんと全うしなきゃとか。

もう子供じゃないんだからとか。

そういうものが全部飛んで、本当のわたしだけが姿を現す。涙が、思いが、朝陽に溶けてく。

——自分を大事にする。

——自分のことを守ってあげる。

辟易するほど幼い自分や、醜い自分を受け入れてあげることでもあるそれは、本当に難しくて、そして勇気がいることで。

眩しい眩しい朝陽の中、瓦井くんはずっとずっと、わたしの手を握り続けてくれていた。

エピローグ

いつもと同じお昼休みの教室。日常は、これまでとなにも変わらない。

わたしが家出をしようとも、お母さんに本音をぶつけようとも、世の中はそんなことは関係なく流れていく。なにも変わらないまま、淡々と。

「彩華、ちょっといい？」

お弁当を食べ終わったのを見計らい、深呼吸を挟んで声をかける。

繭を一緒に捜してもらったあの日から、一週間が経過していた。お礼を伝えようにも、彩華の態度はそれまでと変わらずで避けられてしまっていたし、メッセージアプリもブロックされたままだ。

あの夜、彩華はたしかにわたしのことを支えてくれた。わたしのために、繭を一緒に捜してくれた。だけど、だからといってすべてが元通りというほど、簡単な話ではない。

「え、ちょっと意味わかんないんだけど」

「どういう神経で彩華に話しかけてんの？　怖ー」

「彩華が聞くわけないじゃん、ねえ」

サナと友奈がそう言う中、彩華が「いいよ」と顔を上げる。その目は、まっすぐにわたしへと向けられていた。

学校はどこでも、常に誰かの目がある。仲のいい友達同士の話なら誰も気に留めないけれど、険悪になったふたりが改めて話す場を探すとなると、なかなかに難しい。

「ここなら、誰も来ないから」

彩華がそう言って入ったのは、今は使われていない用具室だった。

埃（ほこり）っぽい匂いと、薄黒くなったカーテン。無造作に置かれた机の上には、ファイルやノートが乱雑に重ねられている。

そんな中に立つ、色白でかわいらしい彩華は、なんだか非現実的な姿に見えた。

「この間のお礼なら、いらないよ」

窓際に立った彩華は、わたしに背を向けてそう言った。

「だけど……、本当に心強かったから。ありがとう。彩華がいてくれてよかった」

ぴくりと彩華の肩が揺れる。

自分勝手かもしれないけれど、彩華の存在がわたしにとってどれだけ大事なものかということを、あの夜に改めて実感していた。そして、気付いたのだ。彩華はわたしが思っているよりも、ずっと強い女の子だったということに。

それなのにわたしは、彩華が傷つくからとか、彩華に悪いからと、勝手にそう判断して向き合うことから逃げていた。

「わたしずっと、彩華に本音をぶつけなかったよね。弱いところも見せなかった……。勝手に、自分が彩華の手を引かないとなんて思ったりして。本当にごめん」

だからちゃんと、謝りたかった。

わたしたちの関係が壊れたのは、瓦井くんとの一件が理由じゃない。あれはきっと、ただのきっかけのひとつ。遅かれ早かれ、わたしたちはこうなる運命だったのだろう。

「もう関わらないって決めたのに、放っておけなかった……」

こちらに背を向けたまま、彩華は震える声でそう言った。

「色ちゃんのことどうでもいいって思ってた。傷つけばいいと思ったし、不幸になればいいって思った。なのに、エレベーターから出てきた色ちゃんを見たら、放っておけなかった」

胸の奥がずくりと疼いて、唇を強く噛んだ。痛いと思えば思うほど、ぎりぎりと前歯は唇に食い込んだ。

「わたし、色ちゃんになりたかった」

「え……？」

ぽつんとこぼした彩華の言葉に、わたしは戸惑いを隠せない。

瓦井くんにも、そんなことを言われたことがあった。だけどまさか、本当に彩華がそんな風に思っていたなんて。

「色ちゃんに憧れてて、羨ましくて、持ってるもの全部欲しくて。だけど結局色ちゃんにはなれなくて……そしたらどんどん、色ちゃんを見ると嫌な気持ちになるようになった」

一緒にいたいと思うのに、そばにいると自分の嫌なところが見えて苦しくなる。

大切だと思うのに、幸せそうな笑顔を見るとたまらなく憎らしくなる。

「瓦井くんのことだって、色ちゃんから取っちゃおうと思ったんだよ」

全然うまくいかなかったけど、と彩華は自嘲気味に笑った。そこでくるりと、わたしの方を向いた。ひらりと広がったスカートが、窓枠の埃を巻き上げる。

こちらを向いた彩華の顔は、泣きだしそうで、でも精一杯の悪者を演じようとしているようで。

「わたしね、こんな嫌な奴なの。みんなが思ってるような、かわいくて守りたくなる彩華は存在しない。今だって色ちゃんのこと、ずるいな、やだなって思ってる」

ぷるぷると拳を震わせる彩華の向こうで、昼休みを楽しむ誰かの声が小さく響く。

わたしたちだって、彼らのように昼休みに一緒に笑い声をあげていた時期があった。

「絶対にいいひと、って存在しないんだと思う」

わたしは静かに、口を開いた。

「誰だって自分の中に、優しい部分と悪い部分があって。そのときに、どの部分が出てくるかだけで、いい子悪い子なんて本当はないんだと思う」

彩華にとって、わたしは苦しみの根源だった。

いつも一緒にいて、一番の仲良しだと疑わなくて、この関係はずっとこれからも続くのだと思い込んで。

「彩華が苦しいんなら、やっぱりわたしたちは一緒にいるべきじゃないんだと思う」

どんなことにも『いいよ』って言ってきた。彩華が望むならば、これ以上関わらない方がいいんだろう。

「——だけど、わたしは嫌だよ」

なんで彩華の気持ちばかりを優先させなきゃいけないの？　わたしだってやっと、彩華と本音で向き合えると思ったばかりなのに。こうやって、大事な存在だって再認識したばかりなのに。

「わたしは彩華のこと、大事にしたい。この間わたしの手を引いてくれた彩華を、信じたい。困ったときは頼りたいし、相談したいし、弱音を吐いて目の前でわんわん泣きたい」

「無理だよ、わたしにはそんなキャパない！」

「だから！」

振り切るように、わたしは声をあげる。

他人なんだから、意見が違うのは当たり前で。理解してほしくたって、理解できないことがあるのが当然で。それでも自分の気持ちを殺したりする必要はきっとなくて。

「――大丈夫になったら、またいろいろ話そうよ」

なにもなかったように、一緒にいようなんて言わない。これまでのことをすべて洗い流して、元通りになろうなんて言わない。

「何年かかっても、いいからさ……」

だけど未来くらいは諦めなくていいと思うし、諦めたくない。時間が解決してくれることだって、きっとあると信じたい。

ひととひとの繋がりというのは、そういうものだと思うから。

不意を突かれたような表情を見せた彩華は、眉を寄せたあと、そのまま眩しそうに目を細める。

「昔っからそう。色ちゃんのそういうところ。昔っから大嫌いで――、やっぱり憧れちゃうんだよ」

そう言った彩華は、泣きだしそうな表情のまま小さく笑った。

◇

午前五時。いつものようにジャージに着替え、先ほど作ったおにぎりをバッグに入れているとリビングの方から物音が聞こえてきた。次いで香る、コーヒーの匂い。

「おはよ、お母さん」

リビングに向かい、キッチンに立つお母さんに声をかける。

「ああ、お姉ち——色葉、おはよう」

少し気まずそうに言い直したお母さんに、わたしは苦笑いを返す。

あの日以来、お母さんは少し早い時間に起きるようになった。そしてわたしがランニングに行くのを送り出し、繭の朝ご飯と、わたしたちのお弁当を用意してくれる。

濃いブラックコーヒーは、朝が苦手なお母さんが自分を奮い立たせるために淹れたものだ。

わたしが本音をぶつけることができて、お母さんにもそれがきちんと伝わって、はいハッピーエンド。——なんて、人生はそこで終わりじゃない。

お母さんは今でも無意識にわたしを〝お姉ちゃん〟と呼ぶことも多いし、我が家はやはり繭を中心に回っている。

「繭、今日からリハビリだっけ」

「そう、結構つらいみたいなんだけど。本人がまた弾きたいって言うから」

　繭はあのあと、ピアノを続けていくことを選んだ。お母さんもしばらくは、そのバックアップに全力を尽くすだろう。

　わたしはこれからも、ひとりで過ごす時間が多いと思う。この家での役割だって、定着している部分もある。

　だけどきっと、これまでとはなにかが違う。

「そういえば、来月にまた三者面談があるんだけど」

「繭のリハビリのスケジュール次第ね」

　まだ眠そうなお母さんはふわあとあくびをひとつ噛みしめたあと、はっとした表情で口元を押さえた。

「わかってる」

　その様子に苦笑いしながら、わたしは言葉を続ける。

「わかってるけど、来てほしいんだ。わたしの進路についての話だから。お母さんに、一緒に話を聞いてもらいたいの」

　素直にそう伝えれば、お母さんはゆっくりと頷いてくれる。

「わかった。その日は必ず空けておくから。先生にもそう伝えて」

　柔らかな表情のお母さんに、わたしも笑顔になっていく。

「ありがとう。じゃあ、行ってきます。今日も、わたしは朝ご飯いらないからね」

大きなトートバッグを抱え、スニーカーで玄関を飛び出していく。駐輪場まで一気に駆けて、みんなが起きる前の街を走り抜ける。

いつもの時間。

いつもの場所。

いつもの彼に会うために。


「瓦井くんおはよう！」

早朝の運動公園。湖のほとりで、瓦井くんはストレッチをしていた。

最近では瓦井くんの方がいつも早くこの場所へ到着している。今日だって早めに出て、必死に自転車を走らせてきたはずなのに。

「今日も元気そうだな」

「うん、元気！」

早朝の公園で、瓦井くんは無理のない程度にウォーキングをする。対するわたしは、自分のペースで湖の周りを走る。

それでも最初はここで一緒にストレッチをして、終わりにはふたりでおにぎりを食べる。

軽やかな彼を見ると、それだけでわたしの気持ちも明るくなる。

自転車を停め、青い芝生の上、瓦井くんの隣に腰を下ろす。それからストレッチを始めた。

「色葉、今週末なにしてる？」

「特になにもないけど……」

「おでんやるから来い、って」

「わ、本当？　ミヤコさんのおでん大好きなんだ」

「妹とお母さんも一緒に来れば？」

「え……、いいの？」

「色葉が言ったんだろ。お母さんにも食べさせたい、って」

瓦井くんは早口でそう言うと、そっぽを向いてストレッチを再開させる。

わたしが何気なく言ったことを、覚えていてくれた。それを、実現させようとしてくれる。

そんな彼の優しさに、毎日毎日、愛おしさが重なっていく。

「っていうか、それ……」

そこで彼が、わたしの自転車に目を留めた。

「あ、これね」

彼の視線を追いかけたわたしは、立ち上がるとカゴからバッグを取り出した。

大きな白いトートバッグ。いつも荷物でぱんぱんに膨らんでいたそれは、家出をするときのわたしの体の一部だった。

いざというとき、困らないように。どこでも朝を迎えられるように。

夜に溶けたいと願うわたしの、大事なお守り代わりだった。

「これからは、朝のランニング用にしようかなって」

照れくさく感じながらも、トートバッグの中からタオルやドリンク、おにぎりたちを取り出し、瓦井くんに見せていく。

きっともうわたしには、家出のためのお守りは必要ない。

自分を守れるのは自分なんだって、気付いたから。

自分を大事にできるひとでありたいと、心から思えたから。

「そうだ、俺もこれ」

そう言った瓦井くんが、ポケットからなにかを取り出す。そしてまっすぐ、こちらへと差し出した。

「サイズが合う鏡、なかなか見つからなくてさ」

彼の手のひらにのっていたのは、わたしのお気に入りだったコンパクト。

見知らぬ大人に踏まれ、鏡が割れてしまったそれ。

家出中のわたしが瓦井くんと初めて会った、あの夜の出来事だ。

そういえばあのとき、彼がコンパクトを拾ってくれたんだっけ。

「どうして……」

割れてしまったはずの鏡は、つやりと綺麗な輝きを放っている。

「気に入ってたのに、って言ってただろ」

あの夜から、瓦井くんはわたしの言葉をすくい上げてくれていたんだ。

胸の奥が熱くなり、わたしは両手でそれを受け取る。

「ありがとう」

手のひらの上、丸くて小さな鏡の中を、そっと覗き込んでみる。

「大事にするね……」

瓦井くんが守ってくれた、このコンパクトを。

鏡に映る、笑顔のわたしを。自分に正直に生きる、自分自身を。

わたしはこれからも、大事に大事にしていこう。

夜に溶けたくなることもある。

自分の居場所がわからなくなることもある。

そんなときは、逃げたらいい。

苦しいことを吐き出して、嫌なことは放り投げて、大きく深呼吸をしてみたらいい。
あなたの居場所は、きっとあなたの中にある。

#家出少女

END

あとがき

こんにちは、音はつきです。「夜に溶けたいと願う君へ」を手に取ってくださり、本当にありがとうございます。

このお話の発端は「世の中の理不尽に憤慨している男の子を書きたい！」という衝動でした。

空気を読むとか雰囲気を察するとか、そういうものが求められる場面はみなさんも多いのではないかと思います。生きていくには、色々な場面で妥協しないといけないこともあるから。

だけどそういうことが続いたり蓄積していくと、どんどん苦しくなっていく。多分、当時のわたしはまさにそんなところにいて、それを打破したいという衝動が瓦井睦を生み出したのだと思います。

当初、担当編集さんとの間の仮タイトルが「憤慨ヒーロー」だったくらい、この物語は睦ありきで誕生したのです。

空気なんて読まずに言いたいことを言って、頭に来ることに素直に憤慨できたら、それってどんなに気楽なんだろうと最初は思っていました。スカッとするし、気持ちいいだろうなって。だけどお話を書けば書くほど、そんな睦だからこその苦しみがあるのだと分かりました。

　一見うまくやっている色葉にも、器用にならざるをえない背景や事情、それによって自分を苦しめる部分もあって。

　自分が書いた話であるにもかかわらず、筆を進めるたびにふたりを深く知っていくような不思議な感覚でした。

　今作で伝えたいメッセージをダイレクトに作品に乗せることができたのは、担当編集の森上さんのおかげです。いつも感謝しています！　編集協力の妹尾さん、素敵な装画を描いてくださったゆいあいさん、今作に関わってくださったすべての方へ。作品を共に作り上げてくださり、ありがとうございます。

　そして、この作品を手に取ってくださったみなさん。本当に感謝の気持ちでいっぱいです。

　どうか睦の言葉や色葉の一歩が、みなさんの心に寄り添うことができますように。

　ほんのちょっとだけでもいいから、みなさんが自分に優しくなれますように。

音はつき

この物語はフィクションです。実在の人物、団体等とは一切関係がありません。

音はつき先生へのファンレターのあて先
〒104-0031　東京都中央区京橋1-3-1　八重洲口大栄ビル7F
スターツ出版（株）書籍編集部 気付
音はつき先生

夜に溶けたいと願う君へ

2022年11月28日　初版第1刷発行

著　者　　音はつき　©Hatsuki Oto 2022

発 行 人　菊地修一
デザイン　カバー　徳重 甫＋ベイブリッジ・スタジオ
　　　　　フォーマット　西村弘美
発 行 所　スターツ出版株式会社
　　　　　〒104-0031
　　　　　東京都中央区京橋1-3-1　八重洲口大栄ビル7F
　　　　　出版マーケティンググループ　TEL 03-6202-0386
　　　　　（ご注文等に関するお問い合わせ）
　　　　　URL　https://starts-pub.jp/
印 刷 所　大日本印刷株式会社

Printed in Japan

ISBN　978-4-8137-1356-2　C0193

スターツ出版文庫

by ノベマ!

小説コンテストを
毎月開催!
新人作家も続々デビュー。

作家大募集

作品は、累計765万部突破の
「スターツ出版文庫」から
書籍化。

https://novema.jp/starts